Chère Lectrice,

Afin de vous faire oublier la grisaille de novembre, Azur vous invite ce mois-ci à rencontrer de bien séduisants héros : un producteur au physique de jeune premier (Azur 1767), un photographe mi-poète, mi-play-boy (Azur 1768), un célibataire endurci qui joue les machos pour cacher qu'il a le cœur tendre (Azur 1770), un patron amnésique qui risque de tomber entre les griffes d'une dangereuse rivale (Azur 1771), un ex-mari toujours passionnément amoureux de sa femme qu'il poursuit jusqu'en Malaisie (Azur 1772), un bel Egyptien à la voix grave et aux mots enchanteurs (Azur 1773), un écrivain de polar aussi inquiétant que ses personnages (Azur 1774). Gageons que les héroïnes d'Azur ne seront pas les seules à se laisser séduire par nos héros.

Sans oublier le plus charmant d'entre eux, notre « Héros irrésistible » (Azur 1769), qui, non content d'être un père exemplaire, assez aimant et attentif pour s'obliger à la plus grande courtoisie envers une ex-femme des plus odieuses, n'hésite pas à prendre tous les risques pour une femme enceinte d'un autre. Comme quoi l'abnégation n'est pas seulement une qualité féminine...

Bonne lecture !

La Responsable de collection

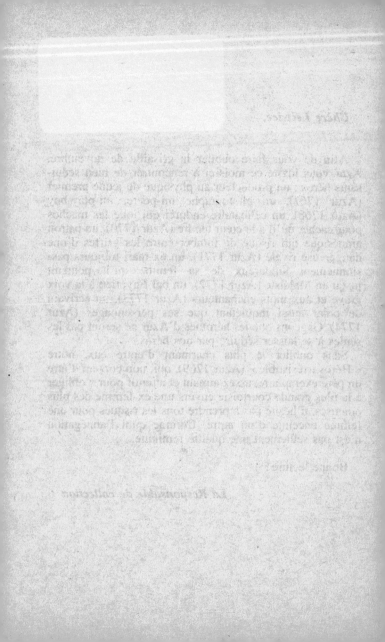

Amants et ennemis

AMANDA BROWNING

Amants et ennemis

HARLEQUIN

*Cet ouvrage a été publié en langue anglaise
sous le titre :*
ENEMY WITHIN

*Toute représentation ou reproduction, par quelque procédé que ce soit, constitue-
rait une contrefaçon sanctionnée par les articles 425 et suivants du Code pénal.*
© 1994, Amanda Browning. © 1997, Traduction française : Harlequin S.A.
83-85, boulevard Vincent-Auriol, 75013 Paris — Tél. : 01 42 16 63 63
ISBN 2-280-04467-6 — ISSN 0993-4448

1.

Jetant un coup d'œil par la fenêtre de la pièce qu'elle appelait avec humour son bureau, Mickey Hanlon eut un froncement de sourcils désapprobateur. Une jeep, dont descendait un homme à la silhouette souple et féline, venait de se garer juste au pied du panneau interdisant tout stationnement. C'était le même véhicule, qui, quelques instants auparavant, avait dévalé la pente menant à la baie où étaient situés les locaux de la compagnie d'affrètement d'hydravions qu'elle dirigeait, laissant dans son sillage un impressionnant nuage de poussière.

Mickey sut d'instinct que l'homme qui avait ainsi attiré son attention était le visiteur qu'elle attendait : le célèbre photographe à la renommée internationale : Ryan Douglas. Elle eut aussi l'intuition qu'il se conduisait dans la vie comme au volant de sa jeep : sûr de lui et de sa puissance, obéissant à ses propres règles et ignorant superbement les interdits. Le personnage lui fut immédiatement antipathique et elle détesta l'idée qu'il venait de louer ses services pour les quelques jours à venir.

Bien sûr, il était en retard ! La jeune femme l'attendait, avec un agacement grandissant, depuis plus de deux heures. Un agacement d'autant plus justifié que la secrétaire du photographe avait beaucoup insisté pour qu'elle-même fût à l'heure au rendez-vous. Certes, l'été touchait à sa fin et les touristes se faisaient rares, mais la compagnie possédait tout de même, hors saison, une clientèle attitrée qu'il fallait satisfaire. Aussi, pour répondre à la demande pressante de Ryan Douglas, avait-elle dû se faire remplacer sur le vol qu'elle devait effectuer aujourd'hui par un pilote dont c'était le jour de repos.

Mickey se demandait si elle aurait accepté d'agir de la sorte avec qui que ce fût d'autre, mais il existait un sérieux enjeu à piloter Ryan Douglas dans un de ses reportages désormais légendaires. Elle avait visité l'une de ses expositions lors d'un séjour à Vancouver mais elle connaissait fort peu de chose à son sujet. Quelques bribes d'une conversation surprise entre deux de ses admiratrices l'avait informée que le célèbre photographe, bien qu'approchant la trentaine, était toujours célibataire. Insensible à ce genre de ragots, la jeune femme, quant à elle, avait été surtout impressionnée par la qualité des œuvres exposées. Une poésie incontestable s'en dégageait. Ryan Douglas donnait à voir un monde de beauté et d'harmonie, tel qu'il pourrait exister sans la tourmente et le carnage qui étaient son lot quotidien.

L'idée qu'elle pourrait participer, même superficiellement, à l'élaboration d'une telle vision de l'univers l'aida sans doute à prendre sa décision. Néanmoins, il était inutile de se voiler la face : frappée de plein fouet par la crise, la compagnie avait un urgent besoin à la fois de publicité et de liquidités et, à ce titre, Ryan Douglas représentait peut-être la dernière chance de sortir la compagnie des difficultés qu'elle traversait. L'argent de ce contrat servirait à procéder aux rénovations urgentes des bâtiments de plus en plus délabrés dont l'apparence risquait, à la longue, d'indisposer les clients fortunés ainsi qu'aux réparations de certains appareils qui donnaient des signes de fatigue. Mickey avait donc fait un effort pour être sur place à l'heure exacte et, depuis deux longues heures, trépignait d'impatience.

Et voilà que celui qui était la cause de son agacement se dirigeait d'un pas tranquille et assuré vers le lieu de son rendez-vous comme si de rien n'était. Vêtu d'un blouson de pilote de cuir qui mettait en valeur ses larges épaules et d'un jean très serré, il avançait à grandes enjambées comme si le monde lui appartenait. Il donnait l'impression de posséder une totale maîtrise de lui-même et de sa vie, et sans raison, alors qu'il faisait une chaleur étouffante, Mickey se mit à frissonner.

Cet homme lui donnait conscience d'un danger car il réveillait en elle des démons qu'elle pensait avoir définitivement jugulés en enfouissant au fond de sa mémoire les derniers souvenirs qui lui restaient de Jean-Luc. A la simple évocation de ce nom honni, elle frémit, serra les lèvres et s'efforça de reporter toute son attention sur l'homme qui se dirigeait vers elle. Elle espéra un instant apercevoir son visage mais le chapeau au large bord dont il était coiffé le dissimulait entièrement. Mickey fut désappointée. L'expression d'un visage est très souvent révélatrice de la personnalité d'un individu, surtout lorsqu'il ne se sait pas observé, et indique la confiance qu'on peut lui accorder. Mickey l'avait appris à ses dépens et n'était pas près de l'oublier. Hélas, l'opportunité d'analyser celui-là lui était ôtée et elle en éprouva une contrariété qui ne fit qu'accentuer l'état de nervosité et de tension dans lequel elle se trouvait. L'homme venait de disparaître de son champ de vision et n'allait pas tarder à frapper à la porte du bureau.

« Ressaisis-toi ! » se morigéna-t-elle. Ce n'était vraiment pas le moment de se laisser aller à de fantasques émotions de midinette. Jean-luc avait depuis longtemps disparu de son univers et seul importait désormais le présent. Jamais plus elle ne laisserait les sensations qu'il avait, un jour, fait naître en elle avoir prise sur son comportement. Jamais plus ! Ces temps-là étaient révolus. Aujourd'hui, elle avait des raisons plus sérieuses de se sentir tendue, crispée. La compagnie, qui représentait toute sa vie, se trouvait menacée et, pour ajouter à ses soucis, depuis trois longues semaines, elle était sans nouvelles de sa sœur Leah. Mickey tenta de se rassurer. Il n'y avait pas lieu de s'inquiéter. Absorbée par ses études universitaires, Leah ne pensait pas à écrire, tout simplement. Un jour, elle se souviendrait de son existence et lui enverrait une lettre charmante la suppliant de l'excuser.

Mickey se redressa sur son siège. Elle était une femme d'affaires et à ce titre se devait d'assumer son rôle avec fermeté et sans sensiblerie excessive. Diriger une compagnie d'affrètement d'hydravions en Colombie-Britannique, dans un milieu où les hommes régnaient en maîtres, n'avait pas été une tâche aisée mais grâce à une détermination farouche et à un courage sans faille elle était parvenue à s'imposer. Elle avait sans conteste conquis sa place dans le monde difficile de l'entreprise et s'était forgé une existence où elle se sentait aimée et respectée, à mille lieues de celle qu'elle avait abandonnée derrière elle huit ans plus tôt, en même temps que sa dépouille de jeune fille affligée. Et jamais, au grand jamais, elle ne laisserait aucun homme au monde — aussi puissant et séduisant soit-il — détruire ce qu'elle avait patiemment accompli.

— Hé, vous là-bas, vous savez où je peux trouver le patron ?

L'interpellation brutale résonnant à quelques mètres seulement de la porte de son bureau fit sursauter Mickey et interrompit brutalement sa rêverie.

— Mickey ? Ouais, sûrement. Dans l'bureau, just'derrière vous.

La réponse amusée de Sid Meeks, tout à la fois son mécanicien et son bras droit, se répercuta à travers le bâtiment qui servait de hangar. Comme des pas se rapprochaient de la porte, la jeune femme se leva de son fauteuil et se prépara à la confrontation. Sans même prendre la peine de frapper, Ryan Douglas poussa la porte d'un coup sec et pénétra dans la pièce. Une espèce de rayonnement magnétique semblait émaner de toute sa personne et l'air fut immédiatement comme chargé d'électricité. Jamais encore, Mickey n'avait rencontré quelqu'un possédant un tel pouvoir d'attraction. Ce fut peut-être ce qui rendit son accueil plus cinglant qu'elle ne l'aurait souhaité.

— Vous êtes en retard, monsieur Douglas ! lança-t-elle d'un ton peu amène.

Elle avait conçu dès l'abord une profonde aversion à

l'égard de cet homme qui supposait avec arrogance pouvoir tout se permettre. Elle avait déjà rencontré des individus de ce type. Jean-Luc en avait été un très bon exemple et elle gardait à leur encontre une sorte de haine viscérale. Si elle s'était doutée à quel genre d'homme elle aurait affaire, Mickey n'aurait jamais accepté de passer une seule heure en sa compagnie et encore moins quelques jours !

A sa grande surprise, Ryan Douglas partit d'un énorme éclat de rire puis, s'appuyant de l'épaule contre le montant de la porte, il repoussa son chapeau en arrière et, tout en sifflotant, se mit à l'examiner des pieds à la tête.

Elle pouvait observer son visage à loisir maintenant. Sous des sourcils moqueurs, il possédait les yeux les plus extraordinaires qui soient. D'un bleu profond, d'une intensité insoutenable, ils la transperçaient jusqu'à l'âme. Avec son nez aquilin, ses lèvres sensuelles, sa mâchoire carrée, ses boucles sombres qui dépassaient de son chapeau, Ryan Douglas dégageait un charme dévastateur.

Mickey intégra ces informations en quelques secondes, y ajoutant deux constatations évidentes : d'abord le visage de Ryan Douglas lui était vaguement familier, ensuite il la trouvait manifestement amusante. La première ne la surprit guère, elle devait avoir vu sa photo quelque part. En revanche, elle n'était pas préparée à la seconde, pas plus qu'à l'examen circonstancié auquel il avait entrepris de la soumettre. Les yeux bleu nuit la détaillaient, ne négligeant aucun détail de son anatomie. Le regard de son visiteur remonta de ses bottes élimées à son pantalon de velours côtelé, retenu à la taille par une large ceinture de cuir, devenu informe à force d'être porté, puis à son ample chemise rouge écossaise qui flottait autour de son buste. Il s'attarda plus longuement sur son visage vierge de tout maquillage, sur ses grands yeux verts qui lançaient des éclairs, sur ses lèvres crispées par la colère, pour s'arrêter finalement sur son chapeau de brousse dissimulant ses cheveux coupés à la garçonne.

Les bras croisés, il s'exclama, intrigué :

— Mais qui donc êtes-vous ? Une sorte d'Indiana Jones au féminin ?

Bien qu'allant rarement au cinéma, Mickey connaissait suffisamment le personnage cité en référence pour comprendre qu'il ne s'agissait pas d'un compliment sur sa tenue vestimentaire.

— Je n'ai que faire de vos remarques, monsieur Douglas et je ne m'habille pas pour vous plaire.

— Ni pour plaire à quelque homme que ce soit, c'est certain. Quel est votre problème ? Pour vous déguiser ainsi, vous devez détester être une femme ! A moins que vous n'ayez peur de révéler que vous en êtes une ! se moqua-t-il.

— Comment osez-vous ! fulmina-t-elle. Vous êtes le plus grossier personnage que j'aie jamais rencontré !

Mickey n'avait jamais subi un tel affront. De quoi se mêlait-il ? Les vêtements qu'elle portait pouvaient certes paraître excentriques mais elle n'en aurait changé pour rien au monde. Ils étaient asexués et c'était exactement ce qu'elle recherchait. Il fallait bien l'esprit tortueux d'un homme pour présumer que si elle n'affichait pas sa féminité, c'est qu'elle en avait peur. Et peur de quoi du reste ! Elle ne s'affichait pas parce qu'elle n'avait rien à vendre, voilà tout. Elle avait opté pour cette attitude en toute connaissance de cause afin de ne pas se sentir soupesée comme une marchandise. Elle n'était pas simplement un corps mais une personne à part entière et, en tant que telle, ne ressentait nul besoin d'afficher son appartenance à un sexe.

Nullement impressionné par la violence de la réaction de son interlocutrice, Ryan Douglas, s'installa plus confortablement encore contre la porte et, croisant ses longues jambes, rétorqua :

— Ma remarque n'avait rien de désobligeant, je puis vous l'assurer. Elle témoignait seulement de ma surprise ! Vous êtes la femme la plus étonnante que j'aie jamais eu l'occasion de rencontrer.

Oubliant un instant que dans le monde des affaires le client est roi, d'autant plus lorsqu'il représente le dernier espoir d'une entreprise en péril... Mickey lança, vénéneuse :

12

— Et vous en avez, bien entendu, connu de nombreuses.

— Comme tout un chacun, ni plus, ni moins. Et vous, avez-vous connu beaucoup d'hommes ?

La jeune femme s'en voulut de lui avoir tendu une telle perche.

— Un seul et, croyez-moi, ce fut un de trop ! Parvint-elle néanmoins à rétorquer sèchement en redressant le menton.

— Hum... vous ne manquez pas de repartie ! Je dirais même que vous possédez un certain charme. Mais pourquoi diable essayez-vous ainsi de vous enlaidir ? Vous est-il arrivé quelque chose pour que vous vous cachiez de la sorte ?

Ces paroles... Pendant un bref instant la jeune femme se retrouva plongée dans l'abîme du passé. Ce n'était plus le visage de Ryan Douglas qu'elle voyait devant elle mais celui de Jean-Luc le jour où il s'était moqué d'elle, la traitant de ravissante idiote. Par bonheur, la vision s'estompa aussi vite qu'elle était apparue, mais Mickey resta de longues secondes sans pouvoir parler, en état de choc. Puis elle se ressaisit. Quelles que soient les conséquences de son acte, elle devait impérativement se débarrasser de ce client qui risquait de faire resurgir ce qu'elle avait su tenir si soigneusement caché jusqu'alors.

— Un conseil, monsieur Douglas, occupez-vous de vos affaires et laissez-moi tranquille ! Vous n'avez plus rien à faire ici. Quittez ce bureau et retournez d'où vous venez, dit-elle avec un dédain glacial.

Ryan Douglas n'apprécia visiblement ni la suggestion ni le ton sur lequel elle était faite. Son visage se ferma et son sourire disparut.

— Pour qui vous prenez-vous ? Veuillez faire votre travail de secrétaire et informer Hanlon que je suis arrivé.

Lançant un regard circulaire autour de la pièce, il ajouta :

— On m'avait dit qu'il était ici. Où est-il ?

Mickey croisa les bras sur sa poitrine et, avec une jubilation certaine, répondit :

— Devant vous, monsieur Douglas !

Ce dernier fronça les sourcils.

— Je me suis sans doute mal fait comprendre, ma jolie. J'ai rendez-vous avec Michael Hanlon, le patron de cette entreprise.

— Je vous ai tout à fait compris, monsieur Douglas, et je vous répète que la personne avec qui vous avez rendez-vous se trouve devant vous. Je suis le patron de la Hanlon Air Company.

Le regard bleu s'assombrit d'un soupçon de colère.

— Bon sang! Vous ne pouvez être Michael Hanlon!

— Non, en effet, pas Michael, monsieur Douglas, Michaela, sa fille, mais mes amis m'appellent Mickey. Il n'en reste pas moins vrai que je suis le patron de cette entreprise et que je suis la personne avec qui vous avez rendez-vous.

Jamais Mickey n'avait éprouvé pareille satisfaction. Elle savourait d'autant plus la déconfiture de son interlocuteur qu'il ne devait pas lui arriver souvent de ne pas avoir le dernier mot. Il laissa échapper un juron.

— Je n'en crois rien. Toutes les coordonnées de votre compagnie, l'en-tête de votre lettre, portent le nom de Michael Hanlon. Ces papiers seraient-ils des faux? Chercheriez-vous à dissimuler que vous êtes une femme pour avoir du travail?

Le sang de Mickey ne fit qu'un tour. Après l'avoir accusée de ne pas être assez féminine, voilà qu'il la traitait de menteuse. La vérité était tout autre. Depuis quelques semaines, le papier à en-tête correctement intitulé étant épuisé, Mickey s'était résolue — pour des raisons d'économie — à utiliser l'ancien papier de son père. La différence ne portant que sur une seule lettre, la jeune femme avait pour habitude d'ajouter un « a » à la fin du prénom. Mais, cette fois, elle avait dû oublier de le faire sur la missive envoyée à Ryan Douglas.

— Une erreur de frappe, sans aucun doute! mentit-elle sans vergogne. Mais pour votre information, sachez que je ne cache pas le fait que je suis une femme, et que je n'ai jamais eu à mentir pour être reconnue et respectée dans la profession.

Un regard glacial lui répondit.

— D'après ce que je vois, vous faites pourtant ce qu'il faut pour vous travestir...

Il choisissait à dessein des mots blessants mais cela ne fit que conforter Mickey dans sa résolution. Les raisons pour lesquelles elle ne tenait pas à afficher sa féminité n'avaient rien à voir avec la profession qu'elle exerçait. Elle n'avait aucune envie d'attirer sur elle l'attention de qui que ce soit, et particulièrement pas celle d'un homme. Après avoir vécu sous le feu des projecteurs, expérimenté la notoriété, elle avait failli être brisée à tout jamais. Rien ne lui importait plus que de se fondre dans un anonymat rassurant.

— Déguisement ou pas, il faut vous rendre à l'évidence, monsieur Douglas : je suis la personne avec qui vous avez rendez-vous.

— Mais cela change tout ! Il est de notoriété publique que je ne travaille jamais avec des femmes, répondit-il brusquement.

Elle l'aurait parié ! Les femmes avaient pour lui d'autres usages. Et soudain la lumière se fit dans son esprit. Elle se rappelait pourquoi le visage de son interlocuteur lui était familier ! Elle avait lu chez le dentiste un article dans lequel on évoquait un célèbre collectionneur de jolies femmes. Ecœurée, Mickey ne s'était pas donné la peine de retenir le nom de ce don Juan mais la photo qui accompagnait l'article était celle de Ryan Douglas et son visage l'avait marquée. En fait elle ne savait pas ce qu'elle méprisait le plus : les femmes-objets ou les hommes qui les traitent comme telles.

Sa réponse fusa, cinglante :

— Ainsi peu vous importe ma compétence, monsieur Douglas. La seule chose que vous retenez contre moi c'est que je suis une femme. Eh bien, n'ayez aucune inquiétude ! Vous n'aurez pas à vous compromettre, car c'est moi qui refuse toute collaboration avec vous.

15

Sans même attendre sa réponse, Mickey attrapa son blouson de cuir, en tout point semblable à celui que portait son interlocuteur et fit mine de quitter le bureau. Ryan Douglas ne lui en laissa pas le loisir. La saisissant par le bras, il l'empêcha de sortir. Elle eut l'impression de recevoir une décharge électrique, et, d'un geste brusque, se libéra de l'emprise de ses doigts.

— Je vous interdis de me toucher! lança-t-elle, furieuse contre elle-même de l'émoi qu'elle avait ressenti à ce simple contact furtif.

Dieu du ciel, la dernière chose à laquelle elle aurait pu s'attendre était de tomber sous le charme de cet individu! Mais elle en reconnaissait, hélas, tous les signes avant-coureurs : son sang courait plus vite dans ses veines et son cœur battait la chamade. Elle se demanda amèrement en quoi elle pouvait être surprise. Ryan Douglas était de la même race d'hommes que Jean-Luc et elle découvrait avec horreur que son expérience malheureuse ne lui avait en rien servi de leçon. Sa faiblesse, une nouvelle fois, la trahissait.

— Où comptiez-vous aller? demanda sèchement Ryan Douglas.

— Veuillez vous écarter de mon chemin, monsieur Douglas. Nous n'avons plus rien à nous dire et j'ai des choses urgentes à régler.

— Oh, ne croyez pas qu'on se débarrasse de moi aussi facilement! J'ai loué un avion et son pilote auprès de votre compagnie et vous allez devoir honorer ce contrat!

— Impossible! Le seul pilote disponible est une femme et vous n'en voulez pas.

— Si j'ai pour principe de ne pas travailler avec les femmes — du moins celles qui ressemblent à des femmes — c'est qu'elles sont trop souvent source de problèmes. Elles ont toujours tendance à mélanger travail et plaisir.

— Oh... je vois! Les femmes ne sont pour vous que des écervelées prêtes à vous tomber dans les bras au moindre battement de cils. Vous vous croyez irrésistible, n'est-ce pas? Eh bien, je vais vous décevoir. En tant que femme, je vous trouve tout à fait quelconque et sans intérêt.

16

— Oh... dit-il sans s'émouvoir le moins du monde, sans doute est-ce parce que vous n'êtes pas une vraie femme, Mickey Hanlon!

— Votre opinion m'indiffère! Laissez-moi passer.

— Pas avant d'avoir trouvé une solution. J'ai impérativement besoin d'un pilote et ce dans les délais les plus brefs.

— Ce n'est pas mon problème mais le vôtre. Je vous en avais trouvé un dont vous ne voulez pas. Débrouillez-vous!

— Sortez de ce bureau et je vous poursuis devant les tribunaux pour rupture de contrat.

La menace stoppa Mickey sur le pas de la porte. Elle se retourna. Il souriait. A la vue de ce sourire carnassier et de l'éclat qui brillait au fond des yeux bleu nuit, la jeune femme frissonna.

— Vous ne feriez pas ça?

— A votre place, je ne parierais pas là-dessus.

Mickey prit une profonde inspiration. Il ne plaisantait pas.

— Je doute que vous puissiez prouver ma responsabilité dans la rupture du contrat, monsieur Douglas. Les juges seront très intéressés d'apprendre que vous avez refusé mes services sous le simple prétexte que j'appartiens au sexe féminin.

— Si vous êtes vraiment la responsable de cette entreprise, vous devez trouver une solution! s'entêta-t-il.

— Que suggérez-vous? Que je mette un pilote mâle à votre disposition? le défia-t-elle.

— Le contrat précise que mon pilote sera le responsable de l'entreprise en personne. Je suis prêt à oublier que ce responsable est une femme. Surtout que votre accoutrement, Hanlon, va considérablement m'aider dans ce domaine. Que pensez-vous de ce compromis?

— Vous avez loué les compétences d'un professionnel et c'est ce que vous obtiendrez. Renseignez-vous auprès de mes clients: aucun d'eux n'a jamais eu à se plaindre de mes services.

— J'en prends bonne note. L'affaire est donc réglée. J'aimerais jeter un coup d'œil sur vos avions...

Mickey fit la moue. C'était une exigence à laquelle elle n'avait pas songé. Elle n'avait pas à avoir honte de sa flotte, quoique deux de ses hydravions fussent hors-service et tout juste bons à servir de pièces détachées pour les autres. Il était également indéniable que les hangars et l'embarcadère avaient eux aussi connu des jours meilleurs. Même l'enseigne manquait singulièrement d'éclat. Elle aurait dû être remplacée depuis longtemps.

— Est-ce bien nécessaire? demanda-t-elle d'une voix étouffée, consciente qu'un refus direct laisserait supposer qu'elle avait des choses plus sérieuses à cacher qu'une peinture défraîchie.

Ryan Douglas fronça les sourcils.

— Existe-t-il une raison pour que je ne puisse pas visiter les locaux?

— Aucune! Suivez-moi...

La tête haute, elle passa devant lui et lui montra le chemin. Au fur et à mesure de la visite, elle sentait son moral s'affaiblir. Jamais la peinture recouvrant les bâtiments ne lui avait paru aussi écaillée, les murs aussi délabrés. Pourquoi n'avait-elle pas demandé à Leah de lui prêter de l'argent? Son stupide orgueil, une fois de plus, l'avait empêchée d'appeler à l'aide les membres de sa famille.

Cette pensée lui rappela brusquement qu'elle était sans nouvelles de sa sœur. Pourquoi Leah n'avait-elle pas écrit? Ce silence total n'était pas dans ses habitudes. Mickey se promit d'interroger grand-mère Sophie, toujours parfaitement au fait des événements.

Une question de Ryan Douglas ramena Mickey à son problème majeur, l'état de son entreprise. La jeune femme n'aurait aucun mal à trouver les meilleurs arguments de défense. Elle savait fort bien que, si l'aspect extérieur des bâtiments n'était pas reluisant, ce qui comptait le plus, c'est-à-dire l'état de la flotille, était irréprochable. Sid, son mécanicien, entretenait les avions avec beaucoup de soin et une compétence certaine. Il était justement en train de préparer l'avion préféré de Mickey, Donald Duck, pour leur expédition du lendemain. En fait, son visiteur observa beaucoup mais parla peu. De retour au bureau, il lança :

— Très bien, je pense avoir vu tout ce que je voulais voir.

Puis, jetant un regard à sa montre, il ajouta :

— Il est temps de partir !

— Où ça ? demanda Mickey, interloquée.

— Mais dîner, bien sûr ! La journée a été rude, je suis fatigué et je meurs de faim. J'ai réservé une table pour deux au Crest Motor Hotel.

Il avait fait cela sans la consulter, sans le moindre doute sur son approbation ! S'il pensait pouvoir se comporter avec elle comme avec les femmes faciles qu'il fréquentait habituellement, il se trompait. Autrefois, c'est vrai, elle avait obéi aveuglément aux invites de Jean-Luc, mais cette époque était bel et bien révolue. Après avoir mis tant de temps à recouvrer son libre arbitre, elle n'allait pas l'abandonner au profit du premier venu.

— Il ne saurait être question que je dîne en votre compagnie, monsieur Douglas. Vous avez loué les services d'un pilote non ceux d'une dame de compagnie, fulmina-t-elle.

— Aussi est-ce avec le pilote que j'ai l'intention de dîner.

Mickey laissa échapper un profond soupir.

— Ecoutez, la journée a été rude pour moi aussi et j'ai vraiment besoin de repos. Je rentre chez moi.

— Vos désirs devront attendre. J'ai pour habitude de discuter chaque plan de vol avec mon pilote. Je n'avais pas prévu que, cette fois, ce serait une femme mais puisque vous souhaitez être traitée comme un homme, je ne changerai rien à mes projets.

Mickey faillit s'étrangler de rage. Elle se trouvait prise au piège et ne douta pas une seconde que cela amusât beaucoup son interlocuteur.

— Très bien, puisque vous insistez...

Une lueur dansa au fond des yeux bleu nuit.

— C'est cela, Hanlon, j'insiste et j'insiste aussi pour que vous cessiez de m'appeler monsieur Douglas. Mon prénom est Ryan.

— Et le mien, Mickey !

— Je sais, mais Hanlon vous sied tellement mieux ! Mickey possède une connotation douce et féminine alors qu'Hanlon évoque le pilote, le cow-boy, le porteur de vieilles bottes éculées, répondit-il avec un sourire effronté.

Mickey regretta de ne pas avoir une vieille botte éculée à portée de main. Avec quel plaisir la lui aurait-elle jetée au visage ! Comment avait-elle pu se laisser embarquer dans cette galère ? Un seul jour passé en compagnie de Ryan Douglas serait un enfer. Mais au fait, peut-être existait-il un moyen d'inverser les rôles ? Si Ryan Douglas était maître sur terre, elle le serait demain dans les airs, et on verrait alors de quelle étoffe cet homme était vraiment fait...

Elle leva les yeux et surprit son regard rétréci fixé sur elle.

— Arrêtez de me regarder comme un chat guettant une souris, vous me rendez nerveux.

— Vous avez conscience, n'est-ce pas, que votre vie, demain, sera entre mes mains, monsieur... euh... Ryan.

D'un geste brusque et totalement imprévisible, Ryan Douglas saisit le menton de la jeune femme et la força à affronter son regard. Elle faillit se mettre à hurler mais recouvra assez d'aplomb pour lui décocher une nouvelle pique.

— Ne vous inquiétez pas, je n'ai jamais perdu de passager payant, enfin...Pas encore...

— J'ai confiance en vos compétences de pilote, mais pourquoi êtes-vous si agressive à mon égard, Hanlon ?

Les jambes en coton, le souffle court, Mickey chercha désespérément à se dégager.

— Je vous interdis de me toucher ! Les hommes tels que vous me donnent la nausée.

— Je n'ai rien fait pour mériter cela. Est-ce un autre homme qui vous a fait devenir telle que vous êtes aujourd'hui ?

— Il n'est pas inscrit dans notre contrat que je doive répondre à ce genre de questions. Vous êtes mon client et non mon confesseur, monsieur Douglas.

— Vous avez donc quelque chose à confesser ?

20

— Oui, en effet. Je confesse avoir commis quelques erreurs dans ma vie mais la plus grave est d'avoir signé un contrat avec vous.

— J'essayais simplement de trouver une explication à votre attitude, Hanlon. Vous m'intriguez...

Sa voix prenait une douceur dangereuse.

— Cessez de m'importuner, je vous prie. Du reste vous êtes en train de transgresser les règles que vous avez vous-même édictées. Je ne suis qu'un pilote et rien d'autre.

— Les règles ne sont-elles pas faites pour être transgressées ? Quelque chose me dit que vous valez la peine que l'on brave les interdits, Hanlon.

Mickey n'eut alors plus aucun doute. La signature de ce contrat était l'erreur la plus monumentale qu'elle ait jamais commise.

2.

Le Crest Motor Hotel était connu de tous à Prince Rupert.
Sa silhouette altière se dressait sur la falaise abrupte domi-
nant la mer et le port. Mickey s'était jusque-là contentée de
l'admirer en passant. En franchir aujourd'hui les portes tour-
nantes, vêtue de sa tenue de travail, fit aussitôt converger sur
elle tous les regards des clients présents dans le hall. Dieu
qu'elle haïssait cette sensation ! Cela la replongeait dans un
passé qu'elle s'efforçait d'effacer à jamais de sa mémoire.
Un passé où chacun de ses mouvements attirait comme un
aimant les regards avides des hommes qui se trouvaient en
sa présence, un passé où elle sentait, tel un fer rouge, la brû-
lure de la honte s'imprimer sur son front.

Elle avait depuis œuvré pour que cela ne se reproduise
plus, s'assurant que les vêtements qu'elle portait gomment
toute féminité de son apparence et voilà que, malgré tous ses
efforts, elle se retrouvait soudain le centre d'attraction des
clients huppés du Crest Motor Hotel. Qu'est-ce qu'ils pen-
saient tous ? Qu'elle et cet homme incroyablement séduisant
allaient monter dans une des chambres de l'étage pour...
Mickey repoussa avec horreur les images qui lui venaient à
l'esprit et, dans un éclair de lucidité, reconnut que ces pensées qu'elle attribuait aux autres étaient en fait les siennes.
Elle devenait paranoïaque ! La réalité était très différente. Si
elle suscitait les commentaires des hommes présents dans ce
hall d'hôtel, c'est parce qu'ils désapprouvaient — avec juste

raison — sa tenue parfaitement déplacée dans un lieu aussi sélect. Pour la première fois depuis des années, elle se prit à regretter les robes que dessinaient autrefois — spécialement pour elle — les couturiers de renom. Ce soir elle aurait eu besoin de l'élégance de ce type de vêtements pour restaurer sa confiance en elle.

Pas une seconde cependant, alors qu'elle traversait le hall dans le sillage de Ryan, la tête haute et le regard fier, il ne vint à l'idée de Mickey Hanlon que sa démarche, la fluidité de ses mouvements, reflétaient une telle grâce naturelle que les regards de tous ne pouvaient que la suivre, fascinés.

La suite louée par Ryan Douglas était située au dernier étage de l'hôtel, au-dessus du bruit et de la fureur de la ville. Y pénétrer donnait l'impression de se fondre dans un havre de paix. Pendant quelques secondes, Mickey caressa d'un regard appréciateur les meubles et les objets qui l'entouraient. Elle commençait à se détendre quand, se retournant vers son hôte, elle eut un hoquet de surprise. Celui-ci venait de refermer la porte derrière eux et tournait tranquillement la clé dans la serrure avant de la mettre dans sa poche.

— Que... que faites-vous ? balbutia-t-elle, effarée. Vous... vous nous enfermez ?

Ryan Douglas ne répondit pas tout de suite, prenant le temps de se débarrasser de son chapeau et de son blouson qu'il déposa soigneusement sur une chaise. Puis il se campa devant elle et lança d'un air menaçant :

— Je ne nous enferme pas, Hanlon, je *vous* enferme, ce qui est très différent ! Nous avons à parler et je ne tiens pas à ce que vous preniez la fuite.

Mickey ne comprenait rien à ce qui se passait mais elle n'aimait pas ça du tout et son cœur se mit à battre à grands coups sourds dans sa poitrine. Il se tenait trop près d'elle, beaucoup trop près ! Néanmoins, elle était déterminée à dissimuler au mieux sa tension

— Vous m'enfermez ! Pour discuter d'un plan de vol ! N'est-ce pas un peu excessif ? tenta-t-elle de plaisanter, tout en parcourant la pièce d'un regard circulaire, à la recherche

23

d'une issue. Elle dut rapidement se rendre à l'évidence : au dernier étage, la seule sortie possible était la porte, dont la clé se trouvait désormais à l'abri dans la poche de Ryan. Quant à l'humeur de ce dernier, elle n'était manifestement pas à la plaisanterie.

— Evitons de perdre notre temps en bavardage inutile, je vous en prie. Où sont-ils ? cria-t-il.

Mickey le regarda, les yeux écarquillés de stupeur. Ryan Douglas était fou. Comment personne, jusqu'à ce jour, ne s'était rendu compte de cette évidence était un mystère. La jeune femme réfléchit à la vitesse de l'éclair. Quelqu'un avait dit un jour devant elle que la seule façon de composer avec les personnes mentalement déficientes était de rentrer dans leur jeu. Elle se composa donc un sourire bienveillant.

— Oh... vous avez perdu quelque chose ? Je suis prête à vous aider à le retrouver, monsieur Douglas, mais vous allez devoir me donner des détails supplémentaires. De quoi s'agit-il ?

La réponse tomba tel un couperet.

— Ne faites pas l'innocente ! Vous savez très bien de quoi je parle ! Vous êtes complice !

Dieu du ciel, de quoi parlait-il ? Mickey luttait pour essayer de trouver un sens à ses paroles. Elle sentait une extraordinaire animosité se dégager de lui et ses genoux se mirent à trembler. Elle ne pouvait même pas amorcer une défense puisqu'elle ne savait pas de quoi elle était accusée. Il lui fallait continuer à se battre dans le noir.

— Vous devez avoir perdu la raison, Ryan Douglas ! Il y a quelques heures à peine vous ne me connaissiez pas. Sous un faux prétexte, vous m'entraînez dans votre hôtel. Là, vous m'enfermez dans votre suite et commencez à m'accuser de je ne sais quel forfait. Quel que soit ce que vous avez perdu, je peux vous assurer que je ne l'ai pas en ma possession ! rétorqua-t-elle avec un sentiment de colère qui eut pour effet d'alléger son angoisse.

Tel un félin, Ryan Douglas bondit et, attrapant la jeune femme par les épaules, se mit à la secouer avec violence.

— N'espérez pas détourner mon attention en faisant de l'humour, Hanlon ! Vous avez certes un talent consommé pour la comédie mais je ne suis pas dupe. Vous êtes mêlée à cette affaire, j'en suis certain !

Cela devenait une idée fixe ! Mais quand Mickey se sentait en danger elle agissait instinctivement. Aussi, sans même réfléchir, décocha-t-elle un violent coup de pied dans le tibia de Ryan. Il poussa un cri de douleur et la lâcha immédiatement. Profitant de son avantage, elle courut se mettre hors de portée, derrière le canapé.

— Si vous osez vous approcher, ne serait-ce que d'un pas, l'avertit-elle, je me mets à pousser de tels hurlements que l'hôtel tout entier sera au courant de vos agissements, monsieur Douglas.

La perspective du scandale calma le célèbre photographe sur-le-champ et lui ôta la visible envie qu'il ressentait de l'étrangler. Changeant de tactique, il se radoucit.

— Je ne vois aucune raison de vous mettre à hurler et de déranger ainsi la quiétude de cet hôtel. Si vous souhaitez mettre fin à ce désagréable entretien, il vous suffit de me révéler où se trouve Peter... Où ils se trouvent tous les deux.

Et voilà qu'il recommençait ! Mickey aurait payé cher pour connaître la réponse aux questions aberrantes qu'il lui posait afin d'en finir une bonne fois pour toutes avec cette situation absurde et rentrer chez elle. Hélas, l'obscurité de ses propos ne faisait que s'accroître !

— Je suis désolée, répondit-elle avec une sincérité qu'elle espéra convaincante. Pourriez-vous au moins me dire qui est Peter et ces deux personnes qui semblent s'être enfuies d'après ce que je crois comprendre.

Ryan Douglas laissa échapper un profond soupir.

— Vous mettez ma patience à rude épreuve mais prenez garde de ne pas la lasser ! Cela dit, si ça doit nous permettre d'avancer, je veux bien énoncer les informations que vous connaissez déjà. Peter porte le même nom de famille que moi. Peter Douglas est mon neveu.

— Je suis ravie que vous ayez un neveu, mais en quoi cela me concerne-t-il ?

— Votre charmante sœur aurait-elle omis de mentionner le nom du riche héritier avec lequel elle s'est enfuie?

Mickey en resta bouche bée. De toutes les réponses auxquelles elle aurait pu s'attendre, celle-ci était la plus incroyable.

— Leah?

— La mémoire vous revient enfin! jubila Ryan Douglas. Oui, Leah, votre sœur, qui a très vite compris que Peter, héritier d'une immense fortune, représentait une proie rêvée. Elle a tellement bien manœuvré qu'elle l'a persuadé de s'enfuir avec elle, dans l'espoir de se faire épouser!

Le sang de Mickey ne fit qu'un tour. Accuser Leah, la romantique Leah, complètement détachée des choses de ce monde, d'un plan aussi diabolique était tout simplement insensé! Elle ne comprenait toujours pas totalement la situation mais elle était sûre que Leah était au-dessus de tout soupçon. Comme une tigresse prête à tout pour défendre son petit, elle sortit ses griffes.

— Ne vous permettez plus un seul mot désobligeant à l'égard de ma sœur, monsieur Douglas! Vous vous êtes trompé de personne. Leah ne s'est enfuie avec personne. En ce moment, elle poursuit ses études de médecine à l'Université.

Dieu du ciel, pourquoi Leah avait-elle omis de lui donner de ses nouvelles depuis trois longues semaines?

Ryan haussa un sourcil moqueur.

— Des études de médecine, voyez-vous ça! Je crains fort que votre sœur, trouvant ces études longues et ennuyeuses, n'ait décidé que séduire un riche héritier naïf la mènerait plus rapidement à une situation plus lucrative.

De quoi parlait-il? Leah n'avait besoin de séduire personne pour être riche étant elle-même à la tête d'une fortune confortable. Elle avait hérité de son père et de sa mère et hériterait un jour de sa grand-mère.

— Je vous interdis d'insulter ma sœur! Leah n'a nul besoin de l'argent des autres! Elle en possède suffisamment pour...

— Ah oui ! Ce n'est pas l'impression que j'ai ressentie en visitant vos entrepôts ce matin. Si j'ai jamais vu des bâtiments qui ont sérieusement besoin d'être rénovés ce sont bien les vôtres !

Mickey blêmit.

— Et alors ? Il s'agit de mon affaire et non de celle de ma sœur et sachez que ce n'est pas l'argent qui m'a manqué pour procéder à la rénovation de ces bâtiments mais le temps. J'ai été trop occupée pour...

— Pour qui me prenez-vous, Hanlon ? Pour un idiot ? J'ai évidemment pris soin de me renseigner sur l'état de votre affaire avant de vous contacter. La Hanlon Air Company est au bord de la faillite. Si votre sœur possède un peu d'argent — ce dont je doute — il ne se révèle pas suffisant pour renflouer le navire qui prend l'eau de toutes parts. Il vous fallait plus, beaucoup plus. Et obtenir une large part de la fortune des Douglas vous est apparu comme une solution séduisante à tous vos problèmes.

— Mais enfin ! Si vous considérez que c'est moi qui ai besoin d'argent, pourquoi aurais-je utilisé Leah ? demanda Mickey d'une voix rauque.

— Qui pourrait succomber à votre charme, Hanlon ? Votre jeune sœur semble, en revanche, irrésistiblement séduisante. En procédant de la sorte vous étiez certaine d'arriver à vos fins...

— Vous savez manier le compliment comme personne, monsieur Douglas, mais vous vous trompez sur toute la ligne. La famille Hanlon est parfaitement honorable. Je ne sais pas comment vous avez pu arriver à une conclusion aussi erronée, mais si votre neveu s'est enfui avec une gourgandine ce ne peut être ma sœur.

Ryan Douglas resta un instant songeur comme si l'assurance sans faille de son interlocutrice lui donnait soudain à réfléchir.

— Peut-il y avoir deux Leah Hanlon ?

— Ça m'étonnerait, mais qui vous a communiqué ce nom ?

— Peter, dans une lettre que je viens de recevoir. Puisque vous refusez de me croire, le plus simple est que vous la lisiez.

Il plongea la main dans la poche de son blouson et lui tendit la missive, avec une mine de conjuré. Mickey accepta de la prendre mais la tint du bout des doigts, comme si elle risquait de s'y brûler. Dès la lecture du premier paragraphe, la jeune femme s'assit sur le canapé, en état de choc. Elle ne connaissait pas ce Peter mais la jeune femme qu'il décrivait avec passion dans ces quelques lignes ressemblait au portrait que l'on pouvait faire de Leah.

« J'ai rencontré un ange à la longue chevelure brune et aux yeux verts magnifiques, écrivait-il. Cette fois, j'en suis certain, il s'agit de la femme de ma vie, celle dont j'ai toujours rêvé et qui m'aime pour moi-même. Comme je connais d'avance ta réaction j'ai préféré la soustraire à ta colère. N'aie aucune inquiétude, je suis le plus heureux des hommes. »

D'autres phrases suivaient, de la même veine, dépeignant le bonheur fou qu'il éprouvait en compagnie de Leah Hanlon.

Quand elle eut terminé sa lecture, Mickey posa la lettre sur ses genoux et leva les yeux vers l'homme silencieux et immobile qui se tenait debout devant elle. Il la fixait intensément, comme s'il cherchait à déchiffrer la moindre expression de son visage.

La vague de colère qui avait submergé la jeune femme avait reflué, la laissant pour le moment dans l'incertitude.

— Il... il doit y avoir une erreur. Leah ne peut s'être enfuie avec un homme. Elle...

— Vous la connaissez vraiment bien ?

Bien que huit ans plus tôt, Mickey ignorât jusqu'à son existence, elle avait cependant l'impression de tout savoir d'elle depuis toujours. C'est avec une profonde conviction qu'elle répondit :

— Oui. Elle est incapable d'une telle action. Elle étudie tranquillement à l'Université et...

— Elle n'y est pas. Depuis trois semaines elle n'a assisté à aucun de ses cours.

— Depuis trois semaines !

Cette nouvelle éclata comme une bombe dans l'esprit de Mickey. Cela faisait exactement trois semaines que Leah ne donnait plus de ses nouvelles ! Se pouvait-il que... La voyant hésiter, Ryan Douglas essaya de pousser plus loin son avantage.

— Vous étiez au courant, n'est-ce pas !

Les yeux étincelants de colère, Mickey se leva d'un bon et le défia du regard.

— Croyez-vous que je pourrais rester tranquillement assise ici en sachant que ma sœur est en train de ruiner son avenir !

— Ruiner ne me semble pas le terme le plus approprié, ricana Ryan. Votre sœur semble au contraire avoir mis au point la stratégie la plus efficace qui soit pour assurer son avenir. La fortune de Peter s'élève à plusieurs millions de dollars. Ce qu'elle ignore c'est qu'il ne pourra pas en disposer avant son vingt-cinquième anniversaire. Et cela, c'est le détail qui ne va pas arranger vos affaires dans l'immédiat, Hanlon !

Mickey bondit sur ses pieds. Elle aurait voulu pouvoir lui arracher les yeux sur-le-champ. Les mâchoires serrées et une lueur meutrière au fond du regard, elle lui fourra la lettre froissée dans les mains.

— Je refuse d'écouter vos élucubrations plus longtemps. Si Leah n'est pas à l'Université, c'est qu'elle doit être chez sa grand-mère.

— Sa grand-mère ! répéta Ryan Douglas, surpris.

De toute évidence il ne connaissait pas l'existence de grand-mère Sophie. La jeune femme ne put cacher son sentiment de triomphe.

— Oui, sa grand-mère maternelle ! Ainsi, il vous arrive de passer à côté d'informations capitales, monsieur Je-Sais-Tout !

Lui lançant un regard assassin, Ryan Douglas se dirigea vers le téléphone.

— Voilà qui est très facile à vérifier. Appelez cette

grand-mère et demandez-lui si Leah est chez elle, lança-t-il en lui tendant le récepteur.

Mickey aurait tellement aimé que ce fût si facile ! Malheureusement, les choses les plus simples devenaient très compliquées dès qu'il s'agissait de grand-mère Sophie. Les excentricités de l'adorable vieille dame ne facilitaient pas la vie du reste de la famille. C'est ainsi qu'elle avait toujours refusé de se faire installer ce qu'elle considérait comme un instrument diabolique, permettant à n'importe qui de vous joindre quand vous n'en avez pas envie.

— Impossible. Grand-mère Sophie n'a pas le téléphone, marmonna-t-elle.

Etouffant un juron, Ryan Douglas reposa le récepteur qui s'écrasa avec violence sur son socle.

— Il ne nous reste plus qu'à nous rendre chez elle ! dit-il en attrapant son blouson.

— Vous n'y pensez pas ! Elle habite à des kilomètres d'ici, à Kitimat ! Cela nous prendra des heures...

Pour le résultat qu'elle en obtint, elle aurait aussi bien pu lui dire que Sophie vivait sur la lune ! Il avait déjà atteint la porte et tournait la clé dans la serrure.

— Je suis venu chercher Peter et je ne rentrerai pas sans lui ! Quant à vous, Hanlon, je vous ai à l'œil ! Il n'est pas question que je vous laisse la moindre chance d'avertir qui que ce soit avant que je ne les retrouve !

C'était à se taper la tête contre les murs ! Mickey faillit trépigner de rage.

— Ma parole, vous devez lire trop de romans policiers ! Que faut-il donc que je fasse pour vous convaincre que je ne fais pas partie de ce complot !

— Vous montrer coopérative et me permettre de vérifier par moi-même vos allégations.

Mickey exhala un profond soupir. Elle commençait à sentir la fatigue peser sur ses épaules.

— Très bien. Allons-y.

Un sourire sardonique s'épanouit sur les lèvres de son interlocuteur.

— Je suis heureux de constater que vous êtes une femme intelligente, Hanlon, dit-il en appuyant sur le bouton de l'ascenseur.

Mickey haussa les épaules.

— Si j'avais eu une once d'intelligence, je ne me serais pas laissé piéger.

— Je reconnais qu'il est bien difficile de m'échapper.

— Pas si difficile que ça! Peter, lui, a réussi.

— Je n'ai pas encore dit mon dernier mot!

— Quel âge a-t-il?

— Vingt-trois ans.

— Vingt-trois ans! Ne croyez-vous pas qu'à son âge un homme n'a plus besoin de chaperon?

— Peter est libre de faire ce qu'il veut, dans les limites du raisonnable...

— ... qui sont celles établies par son oncle!

— Je connais trop la naïveté de mon neveu pour ne pas chercher à le protéger des femelles barracudas!

Quand les portes de l'ascenseur s'ouvrirent, Ryan Douglas saisit le bras de Mickey comme s'il avait peur qu'elle ne lui échappe. La jeune femme tenta de se débarrasser de son emprise, mais il la tenait trop fermement pour qu'elle puisse y parvenir. Ils gagnèrent ainsi la sortie et se dirigèrent vers la jeep délabrée qui les attendait sur le parking.

— Où avez-vous déniché cette épave? ne put s'empêcher de demander Mickey.

— Il ne faut jamais se fier aux apparences. Cette voiture a toute ma confiance. Elle m'a toujours conduit là où je voulais aller. Je ne suis pas certain de pouvoir penser la même chose de vous, Hanlon. Maintenant, voulez-vous vous dépêcher de grimper ou...

Il n'eut guère besoin d'en dire plus. La jeune femme savait d'instinct que si elle refusait d'obéir, il n'hésiterait pas à utiliser la force. Tenant à conserver un semblant de dignité, elle s'exécuta et prit place sans protester sur le siège du passager. Plus vite ils parviendraient à destination, plus vite il serait convaincu de son erreur. Sans plus rechigner, elle le guida jusqu'à ce qu'ils soient sortis de la ville.

Dès qu'ils parvinrent sur l'autoroute 16, les pensées de la jeune femme se concentrèrent sur Leah. Elle se remémorait quelle avait été sa surprise, et le plaisir qu'elle en avait conçu, lorsque, huit ans plus tôt, ayant retrouvé la trace de son père, elle avait découvert l'existence de cette demi-sœur ! Elle l'avait aimée tendrement dès l'abord bien que ne la voyant pas régulièrement. En effet, ayant perdu sa mère dans un accident de voiture, Leah avait été élevée par sa grand-mère maternelle, la délicieuse Sophie, qui n'avait pas tardé à adopter Mickey comme sa seconde petite-fille. La mort de Michael Hanlon, il y avait maintenant dix-huit mois, avait été un choc terrible au milieu de ce bonheur retrouvé. Solide comme un roc, il avait donné le change jusqu'au bout, alors qu'il se savait atteint depuis longtemps de la maladie qui allait l'emporter. C'est alors que Leah avait décidé d'entreprendre des études de médecine et de se spécialiser dans la recherche contre le cancer.

Les deux sœurs avaient hérité en commun de la maison paternelle mais c'est à Mickey seule que son père avait souhaité léguer la Hanlon Air Company. Bien que leurs retrouvailles aient été de trop courte durée, une grande complicité avait uni le père et la fille. Elle avait appris à piloter à son côté, et il avait été ravi de voir combien elle s'investissait dans la bonne marche de l'entreprise. Après quelques mois de cette heureuse collaboration, la jeune femme avait pu reprendre seule le flambeau.

Leah était dotée d'une nature incontestablement plus douce quoique alliée à une surprenante force de caractère. Son désir de devenir médecin n'avait rien d'un caprice mais était le fruit d'une vocation certaine et réfléchie. C'est pourquoi Mickey savait qu'elle ne pouvait s'être enfuie avec le neveu de Ryan. Leah était si sereine, si sûre de ce qu'elle voulait qu'il ne lui serait jamais venu à l'esprit de tout abandonner pour se jeter dans les bras du premier play-boy venu.

— Vous vous trompez, j'en suis certaine ! affirma-t-elle tout à coup.

Comme s'il avait suivi le développement de ses pensées, Ryan Douglas rétorqua :

— L'un de nous se trompe, c'est évident. Reste à savoir lequel.

Une idée surgit soudain à l'esprit de Mickey.

— Vous n'avez jamais eu l'intention de louer mes services pour un reportage photo, n'est-ce pas ?

Un sourire éclaira un instant le visage sévère de son compagnon de voyage.

— Non, c'est vrai, avoua-t-il, j'ai un peu triché. Mais qui sait ? Peut-être que dans le futur...

Son toupet dépassait tout ce que l'on pouvait imaginer ! Mickey et son mécanicien avaient passé des heures à préparer ce projet. Des frais particuliers avaient même dû être engagés, ce dont la compagnie aurait pu se passer dans le contexte de crise qu'elle traversait.

— Cela s'appelle une rupture de contrat ! s'indigna-t-elle. Je serais en droit de vous faire un procès.

— Je ne vous le conseille pas ! Vous auriez dû lire plus attentivement le contrat que je vous ai envoyé avant d'y apposer votre signature. Le dernier paragraphe stipule que je loue à votre compagnie les services d'un pilote et de son avion pour une période indéterminée, ce qui, correctement traduit, signifie que si je ne les utilise pas, je n'aurai pas à payer.

Mickey avait lu le paragraphe en question mais en avait conclu — un peut trop hâtivement elle devait bien en convenir — que seules les dates restaient à fixer. Trop heureuse à l'idée que ce contrat avec un photographe célèbre représentait une aubaine pour la compagnie, elle n'en avait pas analysé les termes plus avant. Sa haine pour celui qui l'avait ainsi piégée grandit encore. Il n'avait eu aucun mal à deviner que, face aux terribles difficultés financières qu'elle traversait, la Hanlon Air Company signerait l'engagement les yeux fermés !

— Bravo ! C'est très intelligemment joué, répliqua-t-elle avec aigreur. J'espère que vous arrivez à dormir la nuit.

Ryan Douglas haussa les épaules, fataliste.

— Lorsque l'on est en guerre tous les coups sont permis, Hanlon, croyez-en mon expérience.

Murés dans un silence hostile, ni l'un, ni l'autre ne prononcèrent le moindre mot pendant le reste du voyage.

Les lumières étaient allumées lorsqu'ils atteignirent la maison de trois étages, au charme suranné, de la grand-mère de Leah. Sans perdre une seconde, Mickey sauta à bas du véhicule avant même que celui-ci ne soit totalement à l'arrêt et courut frapper à la porte.

Drapée dans une robe d'intérieur chamarrée, Sophie vint elle-même leur ouvrir la porte. L'air de réprobation affiché sur son visage se transforma en un sourire radieux à la vue de celle qui lui rendait visite.

— Mickey, quelle heureuse surprise! J'étais en train de lire un livre passionnant et je m'apprêtais à piquer une grosse colère contre l'importun qui osait me déranger en ce moment.

Elle leva les sourcils, intriguée. La silhouette de Ryan Douglas venait de s'encadrer dans l'embrasure de la porte, derrière celle de Mickey. Cette dernière serra sa grand-mère dans ses bras, soulagée de sentir enfin une alliée en face d'elle.

— Hello, grand-mère! Où est Leah? J'ai besoin de lui parler.

— Bien sûr, bien sûr. Entrez donc, ne restez pas sur le pas de la porte.

Mickey lança un regard triomphant en direction de Ryan Douglas avant de pénéter à l'intérieur de la maison.

— Qui est cet homme qui t'accompagne, Mickey? demanda alors Sophie détaillant avec intérêt l'imposante stature du compagnon de sa petite-fille adoptive. Ton fiancé?

La jeune femme se raidit de dédain.

— Pas du tout! Je te présente Ryan Douglas. Lui aussi désire s'entretenir avec Leah.

— Bonsoir, madame, dit poliment Ryan Douglas en s'inclinant devant elle. Je suis désolé de vous déranger.

— Vous ne me dérangez pas du tout, répondit Sophie visiblement sous le charme. Appelez-moi Sophie, je vous en prie. Je n'ai jamais été très douée pour le respect des convenances.

Sans plus de cérémonie, la vieille dame les conduisit jusqu'à un salon encombré d'objets anciens et de vieilles dentelles.

— Où est Leah? s'enquit Mickey essayant tant bien que mal de réprimer son impatience. Quand va-t-elle rentrer?

— Leah m'a assuré qu'ils reviendraient bientôt. Mais ne reste pas debout, Mickey. Quant à vous, Ryan, prenez donc place sur ce canapé. Que puis-je vous servir? Un peu de café? Non, plutôt un verre de brandy. Thaddeus doit en avoir laissé une bouteille dans le placard. A moins que ce ne soit Matthew. Ils sont jumeaux, vous comprenez? Je n'ai jamais été capable de les distinguer l'un de l'autre...

Mickey regardait sa grand-mère, effarée. Que se passait-il? Pourquoi la vieille dame se comportait-elle comme si elle désirait détourner la conversation?

— Non, merci, je n'ai besoin de rien! répondit Ryan les sourcils froncés.

Dieu du ciel, quelles conclusions allait-il tirer de ce babillage incohérent? Matthew et Thaddeus, étaient les deux fils des voisins qui venaient s'installer de temps à autre chez Sophie quand leurs cousins débarquaient en masse pour les vacances. Elle allait fournir les explications nécessaires quand Ryan répéta la première phrase de Sophie :

— Leah vous a assuré qu'ils reviendraient bientôt?

— C'est cela! Leah et le jeune homme qui l'accompagnait sont partis mais ils seront bientôt de retour. Dès qu'ils auront fini ce qu'ils avaient à faire, expliqua-t-elle avec un sourire angélique, comme si sa réponse allait de soi.

Mickey en resta sans voix, mais pas Ryan...

— Connaissez-vous le nom du jeune homme qui l'accompagnait?

— Bien entendu. Il s'appelle Peter Douglas. Oh...

Sophie venait de faire le rapprochement

— C'est votre fils? S'enquit-elle tranquillement.

— Mon neveu.

— Un jeune homme très bien et qui m'a fait la meilleure impression. Il est tout à fait assorti à notre Leah. On ne rencontre pas tous les jours quelqu'un de cette classe...

— Non, en effet! explosa Ryan. Et quand la classe se double d'une immense fortune, cela en fait une proie à ne pas laisser échapper!

Si Ryan Douglas avait espéré troubler son interlocutrice, il en fut pour ses frais. Celle-ci rétorqua, imperturbable :

— Vous employez là des mots que vous devriez réserver pour la chasse, Ryan. Ma petite-fille a suffisamment de fortune personnelle pour ne pas courir après celle des autres. Ce qui n'est pas le cas de Mickey. A ce propos, vous ne connaîtriez pas un homme riche qui pourrait l'épouser?

— Sophie! protesta Mickey, horrifiée. Je n'ai pas besoin d'un mari!

— Peut-être pas d'un mari, mais tu as sérieusement besoin d'argent.

Mickey aperçut l'expression sardonique du visage de Ryan Douglas et retint de justesse le hurlement de rage qui lui montait aux lèvres.

— Nous ne sommes pas là pour parler de moi mais de Leah, grand-mère. Comment as-tu pu la laisser partir avec cet homme? Comment a-t-elle pu abandonner ses études?...

— Elle aura tout le temps de reprendre ses études plus tard, Mickey. Ne comprends-tu pas qu'elle est tombée follement amoureuse et qu'elle a envie de savoir si ce Peter est vraiment l'homme de sa vie avant de s'engager pour toujours. C'est une question tout aussi importante que les études, ne crois-tu pas?

« Non, non, non et non! aurait voulu hurler Mickey. Aucun homme ne vaut la peine qu'on lui sacrifie sa vie entière! »

Parfaitement à l'aise, Sophie la fixait du regard, la mettant au défi de contrer ses arguments. De toute évidence, la vieille dame ne voyait pas toutes les implications d'un comportement aussi inconséquent. Le jeune Peter Douglas avait fait sa conquête et elle n'imaginait pas qu'il puisse ne pas être paré de toutes les qualités dont elle le dotait, ce qui expliquait sa manière d'agir. Sophie s'épanouissait dans cette intrigue romantique, et les fugitifs n'auraient pu trouver plus sûre alliée.

— Ont-ils précisé où ils se rendaient ? demanda-t-elle, espérant encore l'impossible.

— Dans les îles, répondit-elle en souriant.

Pour la première fois, Mickey sentit l'exaspération la gagner.

— Lesquelles ? Les îles de la Reine-Charlotte ?

Sophie haussa les épaules, le regard parfaitement limpide et innocent.

— Ils ne m'ont donné aucune précision et je n'en ai pas demandé.

— Depuis quand sont-ils partis ? intervint Ryan avec une politesse étudiée.

La vieille dame ôta son pince-nez qu'elle essuya consciencieusement.

— Hum... deux semaines... trois, peut-être.

— Et, bien entendu, depuis tout ce temps-là, vous n'avez eu aucune nouvelle !

— Cela ne m'a pas paru si long que ça. Quand on devient vieux, on perd quelque peu la notion du temps...

Si Mickey avait encore eu des doutes, ces paroles auraient suffi à les lui ôter. Sophie en savait bien plus long qu'elle ne voulait le dire. Si elle avait une sainte horreur du téléphone elle était, par contre, un radioamateur hors pair. Elle devait être restée en contact avec les fugitifs par ce moyen. Cependant, Mickey n'en doutait pas une seconde, elle préférerait se faire arracher la langue plutôt que de l'avouer.

Ryan Douglas en eut-il lui-même conscience ? Durant tout l'entretien, il n'avait pas quitté le visage de la vieille dame du regard, comme un joueur de poker essayant de glaner des indices sur le jeu de son adversaire.

— Si, par miracle, votre petite-fille vous donnait de ses nouvelles, je vous serais très reconnaissant de lui faire savoir que la famille de Peter souhaite prendre contact avec lui, énonça-t-il ironiquement en se levant. Maintenant, j'espère que vous voudrez bien nous excuser si nous vous quittons sur-le-champ. Nous avons des choses urgentes à faire...

— J'espère que vous me rendrez de nouveau visite lorsque Leah et Peter seront de retour...

— Je n'y manquerai pas! lança-t-il en se dirigeant d'un pas pressé vers la porte.

— Il semble très en colère! murmura la vieille dame à l'oreille de Mickey qu'elle serrait sur son cœur.

— Il le serait moins si tu lui avais révélé ce que tu sais.

Sophie se mit à rire.

— Ce que je sais... Je ne vois pas de quoi tu veux parler!

Mickey émit un soupir exaspéré.

— Par ta faute, je vais devoir l'accompagner, à leur recherche, et je n'aime pas ça du tout.

— Je n'en suis pas si sûre, ma fille. Jamais tes yeux n'ont été aussi brillants et tes joues aussi roses! Cours le rejoindre, il n'est pas de ceux que l'on fait attendre.

Dès qu'ils furent installés dans la jeep, Ryan Douglas démarra en trombe. Au bout de quelques kilomètres, il se tourna vers la jeune femme.

— Cette Sophie est un sacré personnage! dit-il, un sourire amusé sur les lèvres. Elle restera muette comme une tombe. Ils ont parfaitement su choisir leur alliée!

Mickey lui rendit son sourire et, l'espace d'un instant, une délicieuse complicité les réunit. Ce moment de sympathie ne dura guère, hélas!

— Cela ne signifie pas pour autant que vous n'étiez pas au courant!

Le sourire de Mickey se figea.

— Si je l'avais été, croyez-moi, je n'aurais pas attendu votre venue pour partir à leur recherche. Je ne sais quel stratagème a utilisé votre neveu pour entraîner ma sœur dans cette escapade mais je vais tout faire pour l'arracher à ses griffes. Leah avait en main toutes les cartes pour réussir dans la vie avant qu'elle ne croise son chemin.

Ryan Douglas éclata d'un rire sonore.

— Eh bien, à quelque chose malheur est bon, Hanlon. Je vais partir à leur recherche et pour cela j'aurai besoin de vous et de votre avion. Il semble, en fin de compte, que ce fameux contrat sera honoré et que vous allez gagner beaucoup d'argent!

3.

— Hello, Sid ! marmonna Mickey le lendemain matin en pénétrant sous le hangar, alors que le jour n'était pas encore levé.

Le mécanicien aux cheveux grisonnants, penché sur un moteur, releva la tête et regarda, perplexe, la jeune femme renfrognée qui étouffait un bâillement derrière sa main.

— Hello, Mickey ! Déjà au travail !

— Aux ordres du tout-puissant seigneur Douglas qui désire profiter de la lumière du soleil levant !

— Normal pour un photographe ! répliqua Sid étonné par la sécheresse inhabituelle de la voix de son interlocutrice.

Depuis la mort du patron, le vieux mécanicien veillait sur Mickey comme sur sa propre fille et une tendresse réciproque les unissait tous les deux.

— Celui-là est tout sauf normal ! grommela Mickey encore sous le coup des événements de la veille.

Elle avait passé une nuit agitée, incapable de trouver le sommeil. La soirée de la veille resterait dans sa mémoire comme l'une des plus éprouvantes de son existence et le repas que lui avait offert Ryan Douglas à l'hôtel, au retour de Kitimat, n'avait rien fait pour arranger les choses, bien au contraire. Trop agacée pour pouvoir toucher à la nourriture, Mickey avait passé son temps à contrer les propos de son adversaire.

Le seul point sur lequel ils avaient fini par se mettre

d'accord était la version officielle à donner à leur expédition du lendemain : un reportage photo. La presse à sensation n'était que trop friande d'histoires croustillantes, et l'un comme l'autre pouvaient se passer de ce type de publicité. Le reste avait été plus houleux, Ryan Douglas persistant à accuser Leah de vouloir mettre la main sur la fortune de son neveu, et Mickey ne décolérant pas à l'idée que sa sœur sacrifie une carrière prometteuse pour s'enfuir avec un homme qu'elle connaissait à peine.

Elle ne pouvait croire un instant que Leah soit réellement amoureuse de ce Peter. Sa sœur avait toujours mené une existence rangée. Dieu du ciel, que savait-elle de l'amour ! Mickey ne lui avait connu aucun flirt jusqu'à ce jour. Trop naïve, elle avait succombé à la séduction parfaitement rodée d'un vulgaire play-boy, sans soupçonner qu'aimer ce genre d'homme n'était qu'une illusion. Ce qui effrayait le plus Mickey était que Leah le découvre trop tard et éprouve les souffrances qu'elle-même avait ressenties quelques années auparavant. Devrait-elle y consacrer le reste de son existence, elle était bien déterminée à sauver sa sœur des griffes de cet infâme séducteur !

Ryan Douglas semblait tout aussi résolu à ramener son neveu au bercail. Cela leur donnait au moins un but commun : empêcher à tout prix le mariage des deux fugitifs. Encore fallait-il les retrouver.

— Les mouches ne s'attrapent pas avec du vinaigre, Mickey ! avertit Sid qui n'avait pas quitté du regard le visage de la jeune femme.

Mickey sursauta. Perdue dans ses pensées, elle en avait oublié la présence du vieux mécanicien.

— Si tu crois que je vais flatter son ego sous prétexte qu'il est l'un de nos clients les plus fortunés tu te trompes ! Je suis désolée, Sid, la seule vue de cet homme me donne des boutons !

— Oh... je vois !

Les sourcils en arc de cercle, Sid semblait lire sur le visage de sa protégée des émotions qu'elle-même ne percevait pas. Il se promit d'avoir plus tard une conversation avec elle sur le sujet, mais il s'agissait, pour l'heure, de préparer le départ de l'expédition. Il se tourna vers l'hydravion qu'il était en train d'examiner et, lui donnant une tape affectueuse, il annonça :

— Donald Duck est prêt, Mickey. Les réservoirs sont pleins mais j'aimerais l'essayer avant ton départ.

Donald Duck, l'hydravion fétiche de la jeune femme, s'était mis à faire quelques caprices, ces derniers temps. Mickey regarda sa montre et fit la moue.

— Impossible ! Ryan Douglas ne va pas tarder à arriver. J'ai promis que nous serions opérationnels avant le lever du soleil et cet individu n'aime pas qu'on le fasse attendre !

— C'est un artiste et les artistes sont tous un peu spéciaux, Mickey ! Il faut apprendre à composer avec eux.

La jeune femme s'éloigna sans un mot mais à peine avait-elle refermé la porte de son bureau, qu'elle s'y adossa en grimaçant de chagrin.

Les artistes comme les appelait Sid, elle ne les connaissait que trop bien. Elle avait passé toute la première partie de sa vie à tenter de s'en accommoder.

Du plus loin que remontaient ses souvenirs, Mickey gardait à la mémoire l'image d'une superbe créature couverte de bijoux qui se penchait sur son berceau pour l'embrasser. Elle se revoyait également, passant de longues heures à jouer à la poupée sur le tapis de la salle de bains tandis que cet ange ravissant se baignait dans une eau aux senteurs enivrantes. Elle avait le sentiment d'être une petite fille accueillie par une créature céleste dans son univers rayonnant. Ce n'est que beaucoup plus tard que Mickey avait compris que sa maman, Tanita Amory, était une célèbre vedette du cinéma hollywoodien.

En revanche, elle n'avait gardé de cette époque aucun souvenir de son vrai père. Elle ne connaissait rien de lui sauf qu'il était pilote, canadien, et s'appelait Michael Hanlon. Elle n'en savait guère plus sur les nombreux beaux-pères qui s'étaient succédé dans sa vie au fur et à mesure qu'elle grandissait. A peu près tous les deux ans, Tanita changeait de mari ou d'amant et cette quête perpétuelle lui prenait tant de temps qu'il ne lui en restait guère pour s'occuper de sa fille. Sans doute pour se faire pardonner, Tanita la submergeait de cadeaux, lui offrant tout ce que l'argent peut procurer, sauf l'attention d'une mère.

Bien qu'elle adorât sa mère, Mickey en vint à haïr son mode de vie. Les aventures amoureuses de Tanita Amory remplissaient les manchettes des journaux, à la plus grande joie de cette dernière qui voyait dans ces articles la meilleure des publicités. Mickey atteignit l'âge de l'adolescence sous les feux des projecteurs. Pour son plus grand malheur — ayant hérité de la beauté de sa mère — elle devint à son tour la cible des photographes. Elle ne pouvait faire un pas sans être surveillée, épiée. Aucun des aspects de sa vie n'était laissé dans l'ombre. Lorsque les hommes commencèrent à lui faire la cour la presse se déchaîna.

C'est alors qu'elle rencontra Jean-Luc Renaud. Elle venait d'avoir dix-neuf ans et de renoncer, la mort dans l'âme, aux études d'art et d'archéologie pour lesquelles elle éprouvait pourtant une passion véritable. Cédant, une fois de plus, au chantage de sa mère qui l'accusait de vouloir l'abandonner au moment où elle avait le plus besoin d'elle, Mickey avait accepté d'accompagner l'actrice dans le sud de la France. Elle devait y faire la connaissance de celui qui allait bouleverser sa vie d'une façon radicale.

Il était grand, blond et bronzé, champion de courses de hors-bords. Quand il lui était apparu pour la première fois, sur la plus haute marche du podium, tel le dieu de la mer, la jeune femme était tombée éperdument amoureuse de lui. Jean-Luc l'avait initiée aux jeux de l'amour et Mickey s'était donnée à lui sans restriction, certaine qu'il était l'homme de sa vie.

Ce bonheur fou durait depuis un certain temps déjà, dans une discrétion absolue voulue par Jean-Luc, lorsqu'un matin, au petit déjeuner, Mickey aperçut soudain sa photo étalée en première page des journaux. La femme de Jean-

Luc Renaud intentait un procès en divorce. La femme de Jean-Luc Renaud ! Le choc avait immédiatement brisé le sortilège dont elle était victime, et elle comprit qu'elle aurait dû deviner que Jean-Luc était marié. Tous les signes lui en avaient donné la preuve, mais elle avait inconsciemment choisi de les ignorer.

La nouvelle la bouleversa. Cependant, pas une seconde, la jeune femme ne songea à quitter celui qu'elle aimait. Elle lui demanda une entrevue et se déclara prête à affronter tous les scandales si cela devait leur permettre de construire une nouvelle vie ensemble.

La réponse de Jean-Luc avait constitué le traumatisme le plus important de sa vie. L'homme qu'elle croyait follement amoureux d'elle s'était mis à rire et l'avait traitée d'idiote. « Une idiote ravissante, terriblement sexy et excitante à qui il est bien difficile de résister ! » s'était-il empressé d'ajouter comme si cela pouvait excuser son comportement. Mais le pire restait à venir. Jamais il n'accepterait de briser son ménage pour elle, avait-il expliqué. Elle lui avait donné beaucoup de plaisir et il l'en remerciait mais leur aventure devait s'arrêter là, s'il voulait conserver une chance de stopper la procédure de divorce.

Un tel cynisme ne pouvait que briser la jeune femme qui sortait à peine de l'adolescence. Ses larmes taries, elle s'était mise à réfléchir à son propre comportement. Jean-luc n'avait, après tout, exercé sur elle aucune pression. Elle s'était jetée dans ses bras, s'était donnée à lui sans retenue, l'avait désiré avec tant de force que plus rien d'autre, alors, n'avait existé. Avec horreur, Mickey avait imaginé son avenir semblable à celui de sa mère. Elle avait hérité de ses gènes !

Il ne pouvait en être ainsi ! Confrontée à elle-même, la jeune femme prit la ferme résolution de s'éloigner le plus rapidement possible de l'univers artificiel dans lequel elle avait baigné jusqu'à présent. Partir, supprimer les tentations, se plonger dans le travail, tout cela lui permettrait peut-être de juguler les pulsions dont elle se croyait la proie.

Mickey affronta sans faiblir les crises de larmes de Tanita. Cette fois, elle ne céderait pas au chantage. Elle désirait de toutes ses forces retrouver son père afin d'expérimenter, à ses côtés, une existence différente. Investie dans une nouvelle idylle, Tanita finit par céder et engagea un détective pour effectuer les recherches nécessaires. A peine ce dernier avait-il localisé l'entreprise paternelle que Mickey faisait ses bagages.

Si Michael Hanlon fut quelque peu surpris par l'arrivée intempestive de sa fille, il ne montra aucune réticence à l'accueillir, lui ouvrant, au contraire, tout grands les bras. Mickey ne devait jamais regretter son choix. Elle menait désormais une vie sans problème au sein de sa nouvelle famille.

Sans problème... jusqu'à ce que Ryan Douglas pénètre dans son bureau, le jour précédent, réveillant les vieux démons qui sommeillaient en elle. Jusqu'alors la jeune femme n'avait eu aucun mal à tenir les promesses qu'elle s'était faites, les hommes qu'elle rencontrait la laissant de marbre. Il en allait tout autrement de Ryan Douglas. Cet homme possédait une sorte d'aura, une prestance à nulle autre pareille. Son pouvoir de séduction était bien plus dangereux, bien plus subtil que celui de Jean-Luc Renaud. La jeune femme se jura de tout mettre en œuvre pour combattre l'attirance indéniable qu'elle ressentait à son égard et d'ériger entre elle et lui une barrière infranchissable.

Forte de cette bonne résolution, Mickey se pencha sur les cartes pour préparer son plan de vol dont elle confierait le double à Sid pour des raisons de sécurité. Totalement absorbée par son travail, elle ne vit pas la porte s'ouvrir. Ce n'est que lorsque la lumière d'un flash l'aveugla, qu'elle releva la tête. Dans l'embrasure de la porte, décontracté, en jean, blouson et bottes de cuir, se tenait Ryan Douglas, l'œil encore rivé au viseur.

— Vous n'avez pas le droit ! hurla Mickey, ivre de rage. Donnez-moi cette pellicule.

Se levant d'un bond de son siège, elle se dirigea telle une

furie vers celui qui venait de la prendre en photo. Ryan Douglas leva les bras, mettant son appareil hors de sa portée.

— Calmez-vous, voyons, Hanlon ! Il n'y a pas de quoi se mettre dans des états pareils ! Ce n'était qu'une photo. Ce n'est pas un crime, tout de même !

— C'est une atteinte à la vie privée, fulmina-t-elle, mais rien ne saurait vous arrêter, vous, les photographes ! Exposer la vie des gens au grand jour, prendre des clichés sans leur permission, les étaler dans les journaux du monde entier, c'est votre seule satisfaction ! Que vous importe que des vies soient brisées à jamais ?

Tel un torrent qu'elle ne pouvait endiguer, les mots jaillissaient hors de ses lèvres. Un frémissement de dégoût la parcourait tout entière. Jamais plus elle ne laisserait quiconque prendre une photo d'elle ! Elle...

Une lueur intriguée avait remplacé l'irritation et la moquerie dans le regard bleu profond de Ryan Douglas.

— De plus en plus curieux... Vous semblez parler d'expérience, dit-il. Qui êtes-vous donc, Hanlon ? Qu'êtes-vous venue cacher dans ce coin perdu ?

Mickey se mordit la lèvre. Rien n'échappait à ce diable d'homme. Elle ne pouvait retirer ce qu'elle avait laissé échapper, mais il fallait faire en sorte que Ryan Douglas n'apprenne rien de son passé. La jeune femme changea aussitôt de tactique. Elle se radoucit.

— Je ne suis qu'une personne ordinaire scandalisée par le manque de respect des journalistes et des photographes pour la personne humaine.

Elle tendit la main.

— Puis-je avoir cette pellicule, s'il vous plaît.

— Toute une pellicule pour une seule photo !

— Vous n'aviez pas le droit de la prendre sans ma permission !

— O.K. Je vous propose un marché, Hanlon. J'accepte de vous remettre cette photo contre... un baiser !

— Jamais ! Plutôt embrasser un serpent !

— De mon côté, je préférerais marchander les baisers

d'une vraie femme, mais c'est à prendre ou à laisser. Je ne vous donnerai cette photo que contre un baiser !

— Alors, gardez-la !

Mickey ferma les yeux, espérant cacher le trouble qui l'envahissait tout à coup. L'espace d'un instant, les lèvres de la jeune femme avaient frémi comme sous la caresse d'autres lèvres...

— C'est vous qui décidez ! Le marché reste ouvert et si vous changez d'avis, je serai heureux de...

— Partons, dit Mickey péremptoire en se dirigeant vers la porte, et en prenant au passage le plan de vol. Nous sommes en train de gaspiller de précieuses minutes. La journée risque d'être longue et fatigante.

— Prenez la tête, Hanlon. C'est vous le chef !

— Je suis ravie que vous vous en soyez aperçu, répondit-elle, caustique.

— Attention, ne vous y trompez pas. Uniquement en ce qui concerne les choses de l'aéronautique. Pour le reste, c'est vous qui êtes à mon service, Hanlon. Je suis votre client et...

— Alors, comportez-vous comme tel et cessez de m'importuner en me posant des questions sur ma vie privée.

— Je doute que vous en ayez une ! J'ai dans l'idée que vous n'aimez que vos avions. Dites-moi si je me trompe...

— Eux seuls sont dignes d'intérêt. Ils ne m'ont jamais déçue. On ne peut pas en dire autant des hommes.

Prenant soudain conscience qu'il l'entraînait de nouveau sur un terrain dangereux, Mickey se ferma comme une huître. Ryan Douglas observa longuement le visage crispé de son interlocutrice avant de rétorquer :

— Vous ne fréquentez pas ceux qu'il faut, Hanlon !

— Je fais ce qui me plaît et n'ai de comptes à rendre à personne ! Surtout pas à vous.

Ils venaient de rejoindre l'hydravion. Sid avait procédé aux derniers contrôles et l'appareil était prêt à décoller. Mickey pensa que le sujet, ainsi, serait clos mais il n'en fut rien.

— Décidément vous m'intriguez, Hanlon ! poursuivit-il.

Vous êtes constamment sur la défensive et cette attitude cache quelque chose. De quoi avez-vous peur ? Pourquoi masquez-vous à dessein votre féminité ? Ces vêtements...

Mickey ne pouvait que se féliciter de porter sa combinaison de travail. Elle avait l'incontestable avantage de cacher les réactions que la présence de Ryan Douglas trop près d'elle venait de provoquer. Une tenue plus légère, plus féminine, n'aurait pas manqué de révéler le durcissement des pointes de ses seins...

— Laissez mes vêtements tranquilles, monsieur Douglas ! s'insurgea-t-elle, plus furieuse encore contre elle-même que contre lui. Je ne cherche pas à me travestir, je ne me coupe pas des hommes puisque je travaille avec vous et je n'ai aucun problème ! Restons-en là, voulez-vous.

Ryan Douglas haussa les épaules sans répondre et grimpa d'un mouvement souple dans l'appareil. Il ne restait à la jeune femme d'autre solution que de le suivre. Les nerfs à fleur de peau, elle dût s'y reprendre à plusieurs reprises pour effectuer les contrôles obligatoires avant le départ. Les gestes routiniers finirent toutefois par l'apaiser et lorsqu'elle coiffa les écouteurs, elle se sentit de nouveau maîtresse de la situation. Au moment de lancer le moteur, Mickey pria le ciel pour que Donald Duck ne fasse pas un caprice. Ce n'était pas le moment !

Comme s'il avait entendu sa prière, l'hydravion toussota deux ou trois fois mais finit par démarrer. Quelques minutes plus tard, ils survolaient le port et la baie. Mickey se détendit. Elle était dans son élément. A chaque vol, elle éprouvait le même plaisir, la même excitation. Piloter un avion lui procurait un sentiment de liberté sans égal. C'était comme si, soudain, il lui poussait des ailes. Sans même qu'elle s'en aperçoive, un sourire de contentement fleurit sur ses lèvres.

— Vous devriez sourire plus souvent, Hanlon !

Mickey sursauta. Dans l'euphorie du décollage, elle avait oublié son compagnon de voyage. Celui-ci venait de se munir à son tour de ses écouteurs et communiquait avec elle par l'intermédiaire du micro. Le sourire de la jeune femme se figea.

— Que se passe-t-il? demanda Ryan Douglas. Les compliments vous sont insupportables?

— Ce ne sont pas les compliments qui me sont insupportables, c'est vous!

Mickey détestait surtout le trouble qu'il déclenchait en elle. Il était trop près, beaucoup trop près! Prise d'une brusque impulsion, la jeune femme abaissa brusquement la commande de pilotage et Donald Duck piqua du nez vers la mer. Quelques sensations fortes allaient peut-être lui ôter de sa superbe!

Il n'en fut rien. Avec un calme olympien, Ryan Douglas couvrit sa main de la sienne et redressa le manche.

— N'essayez pas de m'impressionner, Hanlon! Je possède un brevet de pilote.

Obéissant, Donald Duck redressait le nez.

— Vous... vous possédez un brevet de pilote, balbutia Mickey stupéfaite. Pourquoi alors m'avoir engagée?

— Pour mieux vous surveiller et vous empêcher de communiquer avec votre charmante petite sœur. Je ne tiens pas à ce que vous l'informiez que je suis à sa recherche. Cela ne pourrait que l'encourager à faire pression sur Peter pour qu'il l'épouse le plus vite possible.

— Il faudrait que j'aie perdu la raison pour encourager Leah à faire une chose aussi stupide! N'avez-vous donc pas encore compris que je ne désire qu'une chose : la ramener à la raison! Jamais je ne la laisserai gâcher sa vie avec votre précieux neveu!

Ce fut autour de Ryan Douglas d'être piqué au vif.

— La femme qui épousera Peter ne risquera pas de gâcher sa vie, je peux vous l'assurer! Cessez d'en faire une espèce de Barbe bleue. Outre qu'il possède une fortune confortable, il est en passe de terminer brillamment son internat en médecine. Du moins l'était-il avant l'arrivée de votre sœur!

Médecin! L'information ébranla quelque peu les certitudes de Mickey. L'image du play-boy fortuné et oisif vacilla un instant sur ses bases. Elle ne désarma pas pour autant.

— Pourquoi lui servez-vous de nounou? N'a-t-il donc pas un père pour...

— Mon frère est diplomate et ses fonctions ne lui laissent pas autant de liberté que les miennes. Quant à ma belle-sœur, elle vient de mettre au monde un bébé et...

Ryan Douglas laissa sa phrase en suspens et Mickey éprouva la désagréable impression qu'il lui cachait quelque chose. Comme il s'enfermait dans un silence contraint, elle tenta une diversion.

— Nous survolerons bientôt les îles de la Reine-Charlotte, annonça-t-elle. Puis-je connaître les raisons qui vous ont poussé à prendre cette direction plutôt qu'une autre?

— Peter est un passionné de navigation. Il connaît chaque île de cet archipel. Son voilier y est amarré à l'année. Peut-être a-t-il voulu faire partager sa passion à votre sœur.

— Peut-être, en effet. Mais s'ils sont partis depuis trois semaines, ils peuvent être n'importe où!

Ryan Douglas laissa échapper un profond soupir.

— Il faut bien commencer quelque part! Voici la première des îles! Descendez doucement au plus près, Hanlon!

— Arrêtez de me donner des ordres, je connais mon métier. Ce n'est malheureusement pas la première fois que je participe à des recherches.

Ryan Douglas lui lança un regard étonné.

— Vous appartenez à une équipe de sauvetage en mer?

— Cela vous surprend? Ceux qui habitent la ville ont du mal à imaginer la vie rude que mènent les gens d'ici.

— Ceux qui habitent la ville, peut-être...

— Que voulez-vous dire?

— J'ai fait bâtir ma maison à la montagne, loin de l'agitation citadine. Il m'arrive, à moi aussi, d'aider à retrouver les imprudents qui se lancent sans préparation à l'assaut des sommets. C'est pour cela que j'ai appris à piloter.

— Sauvetage en montagne. Vous avez des qualités cachées, monsieur Douglas!

— Cela nous fait au moins un point commun, Hanlon!

— C'est vrai, admit-elle avec un sourire. Mais cela ne fait pas de nous des amis!

— Bien entendu !

L'avion survolait l'île et Ryan Douglas reporta toute son attention sur la forêt qui défilait sous leurs pieds.

— Dieu du ciel, c'est un véritable labyrinthe ! s'exclama-t-il au bout de quelques minutes.

Mickey approuva en silence. La tâche qui les attendait était immense. Il s'agissait de chercher une aiguille dans une botte de foin. Elle espérait cependant qu'ils retrouveraient très vite les fugitifs. Contairement à toutes ses missions précédentes, le péril ne venait pas de la difficulté de l'opération. Il était plus subtil. Passer trop de temps auprès de ce client pas comme les autres pouvait, en effet, s'avérer fort dangereux !

4.

Mickey et Ryan explorèrent minutieusement chaque crique, chaque anse du chapelet d'îles qu'ils survolaient à basse altitude. Tendue à l'extrême, la nuque de la jeune femme en était douloureuse. En toute autre circonstance, Mickey n'aurait pas manqué d'admirer, une fois de plus, le paysage fabuleux qui se déroulait sous leurs pieds. Ces îles escarpées, couvertes de forêts inextricables, avaient quelque chose de préhistorique. Pour l'heure cependant, la complexité du paysage ne faisait qu'accentuer la difficulté de la tâche à laquelle ils s'étaient attelés. Leurs chances de retrouver les fugitifs dans ce dédale étaient infinitésimales. Bien que l'été touchât à sa fin, des centaines de yachts sillonnaient encore les eaux tièdes et pures de ce coin du globe.

Alors qu'ils passaient au-dessus de Hartley Bay, Mickey eut soudain une illumination. Depuis la veille au soir, elle n'avait qu'une idée en tête : pouvoir s'entretenir avec Sophie, en tête à tête. Or, la jeune femme venait brusquement de se souvenir que, chaque semaine, son excentrique grand-mère rendait visite à une amie à Kemano, situé à quelques encablures de là. Aujourd'hui se trouvait être le jour de la visite rituelle. Si la jeune femme pouvait fausser compagnie à son client, l'hydravion la conduirait d'un coup d'aile jusqu'à la seule source d'information disponible. Elle allait devoir développer des ruses de Sioux...

L'estomac de Mickey criait famine, lui rappelant que l'heure du déjeuner approchait. Un plan germa alors dans son esprit. Elle connaissait un lieu idéal pour se poser. Un de ces lieux sauvages et paradisiaques qu'elle chérissait par-dessus tout et qu'elle avait réussi jusqu'alors à préserver comme son jardin secret, refusant de le partager avec quiconque. Une fois à terre, il lui faudrait trouver une bonne excuse pour retourner chercher seule quelque chose qu'elle aurait « oublié » dans l'avion. Mais Ryan Douglas était méfiant. Elle devrait l'amadouer pour parvenir à ses fins...

— Nous pourrions nous poser quelque part, Hanlon, lança alors Ryan Douglas. Il est l'heure de déjeuner et je pense que vous avez, tout comme moi, besoin d'un peu de repos.

Mickey sursauta, prise en défaut. Elle se serait battue ! Voilà qu'il allait au-devant de ses désirs, lui permettant ainsi de mettre en place le piège dans lequel elle désirait le faire tomber, et elle se souvenait maintenant qu'elle avait oublié d'emporter le pique-nique ! Elle confessa sa faute, mortifiée.

— Ne vous inquiétez pas. J'ai fait préparer par le cuisinier de l'hôtel un panier-repas pour deux que Sid a rangé à l'arrière. Il ne vous reste qu'à choisir l'endroit idéal pour un déjeuner sur l'herbe.

C'était aussi simple que ça ! Elle avait été sur le point de suggérer la même chose. Mais soudain, partager avec Ryan Douglas un pique-nique dans un endroit aussi désert, aussi retiré du monde évoqua à ses yeux une scène d'intimité assez éloignée de la simple idée de se restaurer. Elle détesta la façon dont ses sens prenaient le contrôle de sa raison et elle fut tentée d'abandonner son projet, mais elle se reprit aussitôt. Il lui fallait rencontrer Sophie de toute urgence et devait, pour cela, tromper la vigilance de son compagnon de voyage. Afin de gagner sa confiance, elle se montrerait désormais à son égard d'une docilité exemplaire.

Prise à son propre piège, Mickey lui adressa un sourire tendu et fit prendre à Donald Duck un virage sur la droite. Quelques minutes plus tard, l'hydravion se posait dans une petite crique isolée du reste du monde par d'invraisemblables formes rocheuses au sommet desquelles poussaient des arbres aux formes tourmentées. Le paysage était d'une beauté sauvage à couper le souffle.

— Nous pouvons nous installer sur l'un de ces rochers plats, là-bas, proposa Mickey, et regarder le monde à nos pieds pendant que nous mangeons.

Ryan Douglas jetait un regard circulaire autour de lui.

— Voilà qui est bien éloigné de la Ve Avenue...

Mickey éprouva une intense déception. Sans trop savoir pourquoi, la jeune femme eût aimé que Ryan Douglas partageât son amour pour ce lieu unique entre tous. Ce n'était pas seulement ridicule, c'était surtout dangereux.

— A en juger par les photos que vous prenez, je pensais que vous seriez intéressé par la particularité de ce site. Mais j'avais tort. Je vais trouver un endroit moins désert.

Alors que la jeune femme se préparait à faire repartir les moteurs, une main couvrit la sienne.

— N'en faites rien. Cet endroit est absolument parfait. Je suis désolé pour cette remarque stupide. J'ai été surpris, Hanlon, je le reconnais bien volontiers ! Je ne vous imaginais pas appréciant, comme moi, la nature à l'état sauvage.

Essayant de dissimuler le trouble qu'elle avait ressenti au contact de la chaleur de cette main sur la sienne, Mickey haussa les sourcils d'un air de profond dédain.

— Vivrais-je ici si ce n'était pas le cas ?

Le sourire de Ryan se fit sardonique.

— Tout dépend des raisons pour lesquelles on choisit de vivre dans un coin retiré du monde. On peut, par exemple, avoir quelque chose à cacher...

— Vos insinuations commencent à devenir franchement pesantes, lança-t-elle, venimeuse. Je...

— Allons, calmez-vous, Hanlon, vous ressemblez à un jeune chat qui ne sait plus s'il doit ronronner ou sortir ses griffes ! Je vous propose une trêve, le temps d'un repas...

Mickey lui aurait volontiers arraché les yeux mais se souvint juste à temps des sages paroles de Sid le philosophe : on n'attrape pas les mouches avec du vinaigre. La trêve proposée venait à point nommé. Il lui fallait endormir la méfiance de Ryan afin de pouvoir filer à l'anglaise.

Donald Duck soigneusement amarré, la jeune femme montra le chemin, escaladant les rochers jusqu'à une plate-forme d'où la vue sur la mer était à couper le souffle. Ryan ouvrit le panier et en sortit des sandwichs, des fruits et une Thermos de café et ils déjeunèrent en silence. Comme le repas s'achevait, Mickey prit l'initiative de la conversation. Elle devait agir avant qu'il ne soit trop tard. Levant le visage vers son interlocuteur, elle le gratifia d'un de ses plus beaux sourires.

— C'était délicieux, lança-t-elle. Merci pour ce repas et veuillez pardonner ma mauvaise humeur. Les dernières vingt-quatre heures ont été rudes.

Il la dévisagea longuement puis sourit à son tour.

— Vous êtes pardonnée.

— Merci, murmura-t-elle, détournant son regard de ces lèvres qui l'attiraient comme un aimant.

— Vous venez souvent ici, n'est-ce pas ?

C'était plus une affirmation qu'une question.

Mickey approuva d'un signe de tête.

— Vous avez pu observer des animaux ?

— Bien sûr. En plus de ceux que l'on trouve dans toute la région, ces eaux abritent des otaries, des baleines et des dauphins. Un jour, j'ai même cru apercevoir un aigle royal qui planait majestueusement tout là-haut dans le ciel. Son vol donnait une telle impression de liberté absolue que je n'ai jamais oublié ce spectacle.

Après avoir pris quelques photos, Ryan Douglas posa son appareil, s'allongea sur le sol, les mains croisées derrière la tête, et ferma les yeux.

— J'ai éprouvé le même sentiment en me trouvant un jour en présence d'un condor, dans les Andes, expliqua-t-il. J'ai essayé de capter l'essence de sa beauté en le couchant sur la pellicule mais je ne suis pas certain d'avoir réussi.

Fascinée malgré elle, Mickey se pencha en avant, ses bras entourant ses genoux.

— Vous vous trompez. J'ai vu cette photo étonnante dans une exposition. Jamais je n'oublierai l'émotion que j'ai ressentie au spectacle de la grâce et de la puissance qui s'en dégageaient. En fait, toutes vos œuvres exposées chantaient un hymne à la vie et à l'espoir.

Ryan Douglas laissa échapper un profond soupir.

— Après avoir été confronté aux horreurs de la guerre, j'ai éprouvé le besoin d'apaiser mon âme.

— Il n'y avait pas de photos de guerre dans cette exposition.

— Non, pas dans celle-là, mais auparavant j'avais eu l'occasion de couvrir un certain nombre de conflits en Afrique. Ce que j'ai vu là-bas dépasse en horreur tout ce que l'on peut imaginer. En voulant communiquer cette horreur à travers mes photos, je n'ai réussi qu'à la rendre plus fascinante. Pour le public gavé d'images, la guerre devient une sorte d'art. Exposer la souffrance confine au voyeurisme. Pour ne plus tomber dans ce piège pervers, je mets désormais mon art au service de la dignité de l'homme et de la sublime beauté de la vie.

— Vous y réussissez, avec moi en tout cas.

— Il semble que vous fassiez partie de mes fans, Hanlon, rétorqua Ryan Douglas d'une voix ensommeillée.

Il changea de position et étouffa un bâillement. Mickey retint sa respiration. Les dieux étaient avec elle. Son compagnon de voyage se détendait et, visiblement fatigué, n'allait pas tarder à s'endormir.

— Je suis tout simplement honnête, rectifia-t-elle, sincère. Je sais reconnaître la qualité d'une œuvre d'art quand j'en vois une.

Elle attendit une réponse qui ne vint pas. Ryan Douglas avait fermé les yeux et sa poitrine se soulevait à un rythme régulier. Il dormait.

Pendant cinq minutes encore, Mickey évita de faire le moindre mouvement puis, avec mille précautions, elle se leva et se glissa sans bruit jusqu'au pied des rochers. Donald Duck n'était plus qu'à quelques mètres. Un soupir de satisfaction échappa à la jeune femme. Dans quelques instants, elle aurait rejoint Sophie.

Le cœur léger, elle s'approchait de l'arbre auquel était amarré l'hydravion, lorsqu'une silhouette sombre surgit brusquement devant elle.

Elle hurla de frayeur mais son cri mourut sur ses lèvres quand elle reconnut Ryan. Seigneur, elle avait presque réussi !

— Auriez-vous l'intention de me fausser compagnie, Hanlon ? demanda-t-il d'un air moqueur.

Mickey tenta désespérément de fournir une explication.

— Vous... vous étiez endormi ! bredouilla-t-elle. Je... j'ai pensé que je pourrais commencer à ranger...

L'excuse était lamentable, les restes du pique-nique étant restés sur le rocher.

— Je ne dormais pas, très chère. Vous étiez soudain devenue beaucoup trop amicale pour être honnête. Cela faisait de toute évidence partie d'une stratégie. Je n'ai eu alors qu'à me comporter comme vous le souhaitiez et à vous suivre lorsque vous avez quitté la plate-forme. Que comptiez-vous faire, Hanlon ? M'abandonner dans ce coin désert ?

— Non, je...

Mickey ne savait pas mentir. Le rouge qui lui montait au front la trahissait.

Il lui coupa brutalement la parole.

— Bien sûr que si ! hurla-t-il. Vous étiez prête à me laisser ici, sachant qu'il n'y passe jamais personne, pour courir rejoindre votre sœur. Vous savez donc où elle se trouve. Je n'aime pas le jeu que vous jouez avec moi ! Nous venons de gaspiller un temps précieux et je ne peux plus me permettre de perdre une seule minute. Très bien, fixez votre prix. Je suis prêt à payer la somme qui vous conviendra.

Mickey le regardait, les yeux agrandis par l'horreur, incapable de prononcer un mot. Ryan la prit alors par les épaules et la secoua avec violence.

— Vous n'avez donc aucune pitié ! Dieu du ciel, quand donc comprendrez-vous qu'il me faut retrouver Peter le plus vite possible ! Son frère Bobby est à l'hôpital. Il est dans le coma et lutte contre la mort ! Je vous signe un chèque en blanc et vous me conduisez sur-le-champ jusqu'à leur cachette.

Mickey éprouva comme un vertige.

— Qu'avez-vous dit ? demanda-t-elle sous le choc.

Un sourire sardonique déforma le visage de Ryan Douglas.

56

— J'étais certain que ma proposition vous intéresserait.

Le quiproquo était total ! Il pensait qu'elle faisait référence à l'argent.

— Pas ça ! Ce que vous avez dit à propos du frère de Peter, rétorqua la jeune femme, le visage aussi pâle qu'un linge.

— Ne me dites pas que cela change quelque chose ! Vous voulez me faire croire maintenant que vous avez une conscience.

Qu'il la croie ou non, cela changeait tout, au contraire ! Et cela changerait à coup sûr du tout au tout l'attitude de Sophie lorsqu'elle l'apprendrait. Il était des plus urgent qu'elle pût lui parler.

— Malheureusement ce qui est immuable, c'est que je n'ai aucune idée de l'endroit où se cachent Leah et Peter. Je ne peux donc vous conduire jusqu'à eux. Quant à votre argent, je n'en ai que faire.

— Mais alors, pourquoi avoir tenté de vous débarrasser de moi ?

— Toute femme douée de raison ne peut que tenter de mettre la plus grande distance possible entre vous et elle !

— Ma chère, en toute autre circonstance j'aurais moi aussi fui votre compagnie comme la peste. Je n'ai malheureusement pas ce choix. Soyez donc assurée que je vais m'attacher à vos pas comme votre ombre. Allons-y, nous avons perdu assez de temps.

— C'est sans espoir ! s'exclama Mickey quelques heures plus tard en frottant ses yeux douloureux. Nous avons exploré des dizaines d'îles et il en reste des dizaines d'autres. Nous ne sommes même pas assurés de chercher dans la bonne direction.

Ryan Douglas, enfermé depuis le début de l'après-midi dans un silence hostile, sauf pour lancer de temps à autre un ordre que Mickey exécutait les mâchoires serrées, tourna vers elle un regard sans aménité.

— Vous avez une meilleure idée ?

— Votre neveu a dû se confier à des amis...

— S'il l'a fait, ils sont bien décidés à garder le secret. Nous les avons interrogés un à un sans résultat. Qu'en est-il de votre sœur ? Peut-être ses compagnes de chambre, à l'Université...

— Muettes comme des carpes.

Mickey leur avait téléphoné la veille au soir. Pas une seule d'entre elles n'avait laissé filtrer la moindre information.

— On ne peut qu'applaudir à leur loyauté ! rétorqua-t-il avec un rire amer.

— Non, je n'applaudis pas et je n'aime pas du tout ces cachotteries ! s'énerva Mickey. L'attitude de Leah est incompréhensible ! Elle a toujours été si ouverte jusqu'à présent. Nous partagions tout...

— Hum... si — comme vous l'affirmez — votre sœur ne vous a pas prise comme confidente, c'est sans doute qu'elle craignait votre réaction.

— Que voulez-vous dire ?

— Je suppose simplement qu'aucun des hommes qu'elle aurait pu vous présenter n'aurait trouvé grâce à vos yeux.

— C'est totalement stupide ! Tout ce que je veux, c'est le bonheur de Leah !

— Alors, pourquoi considérer Peter comme un vil séducteur sans même l'avoir jamais rencontré. Que vous est-il arrivé dans le passé, Hanlon ? Quelle blessure secrète cachez-vous ?

Le visage de Mickey devint livide. Pendant un instant, elle eut l'impression qu'il lisait en elle comme dans un livre ouvert. Incapable de soutenir plus longtemps l'intensité des yeux bleu nuit fixés sur elle, la jeune femme détourna le regard et se concentra sur les manœuvres à effectuer. Les dernières paroles qu'il avait prononcées continuèrent cependant à tourner dans son esprit tel un maelström. Se pouvait-il qu'il ait raison ? Etait-ce à elle qu'elle pensait ou à Leah ? Pourquoi ne pas attendre de rencontrer Peter avant de formuler un jugement ? Mais si Peter ressemblait à son oncle...

— Il semble que, de votre côté, vous n'inspiriez guère la confiance, lança-t-elle d'un ton vengeur. Peter ne s'est pas plus confié à vous que Leah ne l'a fait avec moi !

58

— Il avait de bonnes raisons de craindre ma réaction. Il y a six mois à peine, j'ai dû l'arracher aux griffes d'une aventurière. Peter a toutes les qualités du monde mais il a un terrible défaut. Il a le cœur sensible. Il s'était laissé émouvoir par la détresse d'une jeune et jolie toxicomane qui avait compris, sans attendre, tout le parti qu'elle pouvait tirer d'un riche et naïf fils de diplomate. Elle exerça sur lui un odieux chantage, lui extorquant d'importantes sommes d'argent. Je suis, heureusement, intervenu à temps pour le tirer d'une situation délicate. Je pensais que Peter retiendrait la leçon mais le voilà impliqué dans une nouvelle affaire de cœur.

Dieu du ciel, avec quel individu Leah s'était-elle enfuie ? L'intuition de Mickey ne l'avait donc pas trompée, elle devait sauver sa sœur des griffes de cet homme le plus rapidement possible.

— Les fréquentations de votre neveu ne me semblent guère recommandables, monsieur Douglas. Si je découvre qu'il a fait du mal à ma sœur, je provoquerai un tel scandale que vous aurez du mal à vous en relever !

— Ne me lancez pas ce genre de défi, Hanlon ! Il pourrait se retourner contre vous. Je ne perds jamais une bataille. Avez-vous idée du genre de publicité que je pourrais vous faire ?

Mickey sentit bruquement son estomac se nouer. Ses huit dernières années, elle avait réussi à taire les terribles désordres déclenchés à son insu. La seule pensée de voir de nouveau sa photo dans les journaux lui donnait la nausée. Comme elle baissait la tête sans répondre, Ryan Douglas ajouta :

— Vous avez un passé dont vous n'êtes pas fière n'est-ce pas, Hanlon ? Je donnerais cher pour connaître le secret que vous prenez tant de peine à dissimuler. Si j'en juge par la tenue dont vous vous plaisez à vous revêtir aujourd'hui, je vous imagine sans peine impliquée dans une attaque de banque...

— Très drôle !

Ryan Douglas partit d'un grand éclat de rire et, soudain détendu, s'installa confortablement sur son siège, allongeant ses jambes. Mickey ferma les yeux. Des images surgissaient dans son esprit. Des images d'un érotisme insensé. Deux corps nus enlacés, peau contre peau. Une flambée de désir monta au creux de ses reins. Son cœur se mit à battre à coups sourds dans sa poitrine et son sang à circuler plus vite dans ses veines. Terrifiée, la jeune femme tenta de toutes ses forces de chasser ces pensées démentes. Elle ne connaissait cet homme que depuis vingt-quatre heures et voilà qu'elle rêvait d'étreintes passionnées dans ses bras. Elle se sentait salie.

Un crachotement du moteur la força brusquement et fort opportunément à reporter son attention sur le tableau de bord.

— Que se passe-t-il ? demanda Ryan Douglas immédiatement en alerte.

— Je l'ignore. Il semble que nous ayons un problème d'alimentation mais cela ne peut être sérieux, le réservoir est à moitié plein.

— Devons-nous nous poser ?

Elle tapota la jauge et effectua une ou deux manœuvres de contrôle.

— Je ne pense pas, le moteur tourne de nouveau normalement.

En effet, Donald Duck ne toussait plus. Soulagée, Mickey lança un sourire à son compagnon.

— Désolée de vous avoir occasionné quelque inquiétude...

— Je n'étais pas inquiet. Il suffit de vous voir cinq minutes à l'œuvre pour comprendre que vous êtes une pilote de première classe, Hanlon. Mais comme je vous l'ai déjà dit, vous devriez sourire plus souvent, cela vous va bien.

De nouveau, une onde de chaleur parcourut le corps de Mickey et le rouge lui monta aux joues. Dans la lutte qu'elle menait contre elle-même, ce genre de compliments était des plus inopportuns.

— Epargnez-moi vos considérations personnelles, monsieur Douglas, répliqua-t-elle d'une voix irritée, consciente que les mots étaient son seul moyen de défense.

— Désolé, Hanlon, il y a un je-ne-sais-quoi en vous qui excite ma curiosité et me donne envie de mieux vous connaître.

60

Bien qu'elle sût que cette déclaration était destinée à la narguer, rien n'était si simple.

La voix de Ryan Douglas, douce comme une caresse, provoqua chez la jeune femme une réaction instantanée. Son sang courait comme du feu dans ses veines. Jamais encore elle n'avait connu pareille sensation. Elle reconnaissait toutefois les symptômes de ce qu'elle éprouvait. Ses sens se réveillaient. Préférant l'action à la réflexion, elle amorça un virage sur l'aile si brutal que la tête de son interlocuteur, non préparé à cette manœuvre, alla heurter la paroi métallique avec un bruit sourd. Il ne montra aucun signe de colère. Au contraire. Massant son front endolori, il la fixa avec plus d'intensité encore, en riant.

— Il y a en vous une sorte de passion contenue, un volcan assoupi. Un homme, un jour, le réveillera.

— Si vous pensez être cet homme-là, vous vous flattez.

— Pourquoi pas ? Vos réactions montrent que je ne vous suis pas aussi indifférent que vous voulez bien le laisser entendre...

— Je vous déteste !

— Oh... la haine vaut mieux que l'indifférence. Elle met du piment dans un plat qui, sans elle, pourrait se révéler fade. Je me demande...

— Quoi donc ?

— ... si je ne suis pas en train de développer un appétit pour un certain menu !

— Je n'ai rien à proposer qui puisse satisfaire ce genre d'appétit. Vous allez devoir chercher ailleurs.

— Hum... vous n'ignorez pas, Hanlon, que lorsque quelqu'un éprouve un penchant particulier pour un certain type de plat, aucun autre ne pourra jamais le satisfaire.

Elle avait beau savoir qu'il ne pensait pas un mot de ce qu'il disait et qu'il n'agissait ainsi que pour la provoquer, elle ne pouvait s'empêcher de répondre.

— Eh bien, qu'il se passe de manger !

— Son appétit ne fera que croître et son désir grandir. Attention !

Le cri de Ryan alerta brusquement Mickey. Donald Duck

plongeait le nez vers la mer. La jeune femme redressa aussitôt le manche. Comment avait-elle pu se laisser distraire ainsi !

— Vous n'êtes qu'un monstre lubrique ! lança-t-elle, mortifiée.

— Lubrique ! Je vous laisse la responsabilité de cette interprétation hardie de paroles au demeurant fort innocentes...

— Arrêtez ce jeu stupide, je vous en prie, je ne suis plus une enfant !

Les yeux bleu nuit s'attardèrent sur la silhouette de la jeune femme.

— Non, vous n'êtes plus une enfant, Hanlon, et mes paroles ont trouvé en vous un écho, avouez-le !

Les images qui tourmentaient l'esprit de Mickey auraient fait rougir une jeune collégienne. Quand cesserait-il de jouer avec ses nerfs ? Il n'avait pas le droit de ressusciter en elle cette part de sa nature qui lui répugnait. Elle réagit avec violence.

— Rien de ce que vous pourriez dire ou faire ne saurait éveiller en moi autre chose que de la colère ou du dégoût, monsieur Douglas. Vous vous délectez de vos jeux de mots, mais je n'aime pas du tout en être la cible. Je vous rappelle que si nous sommes ensemble dans cet avion c'est dans l'unique but de ramener au bercail deux écervelés qui se préparent à commettre la pire des bêtises.

Elle aurait aussi bien pu parler à un mur.

— Que fuyez-vous, Hanlon ? Le passé ou vous-même ? Si c'est le cas, vous finirez par découvrir qu'il ne sert à rien de se fuir et qu'il vaut mieux tenter de s'accommoder de soi-même.

Mickey ne répondit pas. De ses yeux verts remplis de larmes, elle fixait désespérément la ligne d'horizon et chacun des battements de son cœur scandait une litanie : « Je le hais, je le hais, je le hais ! »

A peine Donald Duck posé en douceur et amarré solidement à la jetée, Mickey laissa son compagnon de voyage converser avec Sid pour se diriger à grandes enjambées vers son bureau.

Elle trouva sans difficulté le numéro de téléphone de l'amie de Sophie qu'elle composa fébrilement sur le cadran, priant le ciel que son excentrique grand-mère soit encore là. Le téléphone sonna longtemps avant que quelqu'un décroche, lui tendant les nerfs comme une corde de violon. Finalement, ce fut Sophie qui répondit.

— Machine infernale, j'écoute.

Les doigts de Mickey se crispèrent sur le combiné.

— Sophie, Dieu merci! Ne raccroche pas. C'est moi, Mickey! Il faut que je te parle tout de suite.

— Mickey, ma chérie! Ne peux-tu venir me rejoindre? Tu sais combien je hais cette invention du diable...

— Non, je ne peux pas, le temps presse! Pour l'amour du ciel, écoute-moi sans m'interrompre. Je sais que tu as des contacts avec Leah. Il faut absolument lui transmettre le message suivant: le frère de Peter est à l'hôpital, dans le coma. Peter doit rentrer! Tu m'as bien comprise, Sophie? Peter doit rentrer dans sa famille! C'est de la plus haute importance.

Le changement dans la voix de la vieille dame fut instantané.

— Message reçu cinq sur cinq, Mickey. Je le transmets dès ce soir. Mais, pourquoi cet homme n'a-t-il rien dit lors de sa visite?

— Je ne sais pas. Ou plutôt si. Il ne me fait pas confiance.

Une voix remplie de colère vibra soudain dans le dos de Mickey.

— Non, c'est exact! Et il semblerait que j'aie raison!

Mickey laissa retomber le combiné sur son socle avec un bruit sourd.

— Qui était au bout du fil? demanda Ryan Douglas.

— Cela ne vous regarde pas!

— C'était Leah, n'est-ce pas? Vous vous moquez de moi. Vous l'avez appelée pour lui recommander de rester cachée.

Mickey se redressa de toute sa hauteur et le défia du regard.

— Si j'avais pu parler à Leah, je lui aurais ordonné de rentrer sur-le-champ! Puisque vous tenez à tout savoir, je parlais avec mon fiancé!

L'idée d'un fiancé venait brusquement de surgir dans son esprit. C'était la solution ! Peut-être, ainsi, la laisserait-il en paix. Ce mensonge n'était pas tout à fait une nouveauté. Elle avait inventé ce fiancé mythique quelques jours auparavant, dans une lettre à sa mère qui s'inquiétait du manque d'homme dans la vie de sa fille.

— Votre fiancé ! répéta Ryan Douglas, sceptique. Depuis quand êtes-vous fiancée ? Je n'ai pas vu de bague à votre doigt.

Mickey cacha instinctivement ses mains dans ses poches.

— Non, en effet, je ne porte pas ma bague ! Nous tenons à garder nos fiançailles secrètes quelque temps encore.

— Pourquoi tant de mystères ? Qui est cet homme ?

— Il s'appelle Jack. C'est un pilote et il voyage beaucoup.

— Vous ne m'avez jamais parlé de lui avant. Pourquoi maintenant ?

— Ce ne sont pas vos affaires.

— Ainsi un homme a réussi à entamer cette armure derrière laquelle vous vous cachez ! Est-il parvenu également à briser la chape de glace qui entoure votre cœur ? Vous a-t-il fait fondre de plaisir ?

— Vous n'êtes qu'un monstre lubrique !

— Vous m'avez déjà gratifié de ce qualificatif. Je trouve que vous manquez d'imagination ! N'est-il pas normal de fondre de plaisir dans les bras de celui que l'on aime et que l'on va épouser ? Ne me dites pas que votre fiancé — s'il existe — n'a pas réussi à allumer le feu qui couve en vous !

— Il existe ! s'entêta Mickey sans pouvoir rien ajouter de plus.

— Hum... d'accord Hanlon, je vous accorde le bénéfice du doute. Mais, pour m'entourer de toutes les garanties je vais m'installer chez vous ce soir afin de pouvoir mieux vous surveiller... au cas où il vous prendrait l'envie de communiquer avec d'autres personnes que... votre fiancé.

— Vous installer chez moi, vous n'y pensez pas ! hoqueta-t-elle.

— Oh, ne vous méprenez pas ! Je dormirai sur le canapé. Nous ne voudrions pas que vous vous abandonniez dans mes bras, n'est-ce pas ?

— Vous... vous...

Ivre de rage, Mickey ne trouvait plus ses mots. Ryan Douglas ouvrit la porte et s'inclina devant elle.

— Après vous, Hanlon.

La jeune femme n'avait d'autre choix que de sortir du bureau. Pendant tout le trajet qui conduisait chez elle, la vue de la jeep de Ryan Douglas dans son rétroviseur ne fit que retourner le couteau dans la plaie. A l'arrivée, il poussa même l'humiliation jusqu'à se garer derrière sa voiture afin de lui ôter toute possibilité de lui fausser compagnie.

Trop épuisée pour mener une bataille perdue d'avance, Mickey se dirigea vers la maison sans plus se soucier de savoir ce que faisait son compagnon. Elle ne douta pas une seconde, cependant, qu'il la suivait comme son ombre.

Arrivée dans le salon, elle accepta finalement de se tourner vers lui.

— Vous n'avez pas besoin de repasser par votre hôtel?

— Je m'arrangerai. J'ai toujours des vêtements de rechange dans ce sac de voyage.

— Très bien, dit-elle en soupirant. Installez-vous sur ce divan. Quant à moi, je vais prendre un bain et me mettre au lit.

Ryan Douglas déposa son sac de voyage et fronça les sourcils.

— Sans dîner?

— Je n'ai pas faim, mais vous pourrez vous débrouiller avec ce que vous trouverez dans le réfrigérateur.

Sans même attendre sa réponse, Mickey se dirigea vers la salle de bains et chercha fébrilement deux cachets d'aspirine dans le placard à pharmacie. Une terrible migraine lui vrillait les tempes. Alors qu'elle avalait les cachets avec un grand verre d'eau, elle aperçut son reflet dans le miroir. La fatigue marquait incontestablement les traits de son visage mais ses yeux verts reflétaient plus le trouble que l'épuisement.

Mickey agrippa le rebord du lavabo avec une telle force que les jointures de ses doigts blanchirent. Elle ressentait la présence de Ryan Douglas dans l'intimité de sa demeure, étrangère, tentatrice. Dans chaque fibre de son corps, elle éprouvait l'impérieux besoin de se lover contre lui, de sentir ses bras puissants se refermer sur elle. Un désir, violent, incoercible, l'habitait tout entière. Mickey ferma les yeux et laissa échapper un sourd gémissement. Qu'avait dit Ryan Douglas ? « Rien ne sert de se fuir, il vaut mieux tenter de s'accommoder de soi-même ». Mais que faire si elle ne le voulait pas ? Que faire si elle voulait tuer ce monstre qui l'habitait ? Elle avait pourtant tout fait pour l'enfouir. Elle avait même cru avoir réussi. Pour découvrir tardivement, bien trop tardivement, qu'elle s'était réjouie prématurément.

5.

A l'instant même où elle ouvrit les yeux, Mickey sut qu'elle était seule dans la maison. La tension électrique qui régnait dès qu'elle se trouvait en présence de Ryan Douglas avait disparu. La nuit dernière, il avait insisté pour qu'elle mange quelque chose et lui avait préparé l'omelette la plus succulente qui ait jamais été concoctée sur son vieux fourneau. Le comble était qu'elle l'avait dévorée de bon cœur. Pourtant elle ne se l'était pas avoué, trop en colère contre elle-même pour reconnaître que partager un repas avec un homme, dans l'intimité, lui avait manqué. Cela faisait si longtemps qu'un tel événement ne s'était pas produit ! Puis, quand elle avait gagné son lit, persuadée de ne pas pouvoir trouver le sommeil, elle s'était aperçue qu'elle ne pouvait garder les yeux ouverts. Elle avait dormi profondément jusqu'à ce que la sonnerie de son réveil retentisse.

Elle se sentit déprimée à l'idée qu'un homme puisse avoir tant d'emprise sur elle, et la pluie fine qu'elle aperçut tombant à travers la fenêtre n'améliora, hélas, pas son moral ! La jeune femme savait, par expérience, que le mauvais temps ne faciliterait pas leurs recherches, bien au contraire. L'automne approchait avec son cortège de brumes et de brouillards qui occulteraient bientôt toute visibilité au-dessus des Misty Islands, les îles Brumeuses, bien nommées.

Mickey s'habilla chaudement d'un pull-over épais qui la protégerait du froid mais aussi des regards parfois trop insistants de Ryan Douglas, puis quitta sa chambre pour se rendre dans le salon. Tout avait été remis en ordre. Le lit de fortune installé la veille sur le canapé avait disparu ainsi que... le téléphone ! Il avait eu l'audace incroyable d'emporter l'appareil pour qu'elle ne puisse pas s'en servir. A sa place, bien en évidence, une note écrite d'une main ferme informait la jeune femme que son client l'attendait sur la jetée à 7 h 30.

Rêvant un instant de pouvoir agir de la même manière avec son auteur, Mickey chiffonna la missive et la jeta contre le mur. « Qu'il aille au diable ! » pensa-t-elle une fois encore. Elle avait espéré que Sophie la contacterait avant son départ mais il n'y avait plus aucune chance qu'elle y parvienne désormais.

Donald Duck se balançait doucement sur les vagues, prêt au départ, lorsque Mickey arriva au mouillage. La première chose qu'elle remarqua fut l'absence de la jeep de Ryan, ce qui la contraria profondément. Elle s'était juré de lui jeter au visage sa façon de penser et son absence la frustrait de l'algarade espérée. Mais alors qu'elle se dirigeait vers l'atelier de Sid, elle s'arrêta, le souffle coupé. Ryan Douglas se tenait à côté du mécanicien, les manches retroussées, ses longs doigts d'artiste maculés d'huile. Malgré elle, son cœur bondit dans sa poitrine et ses jambes refusèrent de la porter plus avant. Elle resta là, stupide, à l'observer de loin. Au bout de quelques instants, percevant sans doute le regard fixé sur lui, Ryan Douglas releva la tête et leurs yeux se rencontrèrent. Une lueur moqueuse dansa au fond des prunelles bleu nuit du photographe. Il savait depuis le début qu'elle était là à le regarder. Cela suffit à déclencher l'agressivité de la jeune femme.

— Où est votre voiture ? demanda-t-elle, d'une voix sèche.

Ryan Douglas s'essuya posément les mains avec un chiffon puis, s'excusant auprès de Sid, s'avança vers elle.

— Je l'ai garée sur le parking autorisé, derrière le hangar. J'espère que vous n'y voyez pas d'inconvénient ?

— Vous n'avez rien à faire dans cet atelier !

Une moue faussement désabusée naquit sur les lèvres du photographe.

— Ainsi, je n'ai même pas droit à un bonjour, ce matin. Après la nuit que nous avons passée ensemble, j'espérais mieux !

Le souffle coupé par cette incongruité, Mickey lança un regard en direction de Sid. Celui-ci semblait très affairé, la tête dans son placard à outils.

— Nous n'avons pas passé la nuit ensemble, et vous n'avez pas répondu à ma question ! lui rappela-t-elle.

— Mon Dieu, Hanlon, êtes-vous toujours aussi irascible lorsque vous vous levez le matin ? Faites-moi penser à prévenir votre fiancé de ce trait de caractère, s'il n'est pas déjà au courant.

Mickey serra les poings dans ses poches.

— Allez au diable ! Et d'abord, qu'avez-vous fait de mon téléphone ? Vous n'aviez pas le droit...

La rage l'étouffait. Nullement impressionné, Ryan Douglas se mit à rire.

— Oh... votre téléphone ! Je l'ai emporté pour éviter que vous n'en fassiez un mauvais usage. Mais, soyez sans crainte, je vous le rendrai.

Puis, reprenant son sérieux, il ajouta :

— Savez-vous que lorsque vous êtes en colère, vos yeux prennent une couleur fascinante, Hanlon ?

Ryan Douglas trouvait sans doute la situation amusante mais pas elle. Réprimant les mots qui lui montaient aux lèvres de crainte que son emportement ne la trahisse, la jeune femme tourna les talons et se dirigea vers son bureau dont elle claqua la porte derrière elle. Là, à l'abri des regards indiscrets, elle s'appuya contre le mur, réprimant de ses mains les battements désordonnés de son cœur et s'efforçant de respirer profondément pour relâcher ses muscles tendus à l'extrême. Abaissant son regard vers le sol, elle s'aperçut prosaïquement que le lacet d'une de ses chaussures était défait. Alors qu'elle se penchait en avant pour le nouer, la porte du bureau s'ouvrit et la voix de Ryan Douglas retentit derrière elle :

— Voilà une posture tout à fait intéressante. Dommage que vous ne portiez pas des bas noirs et un porte-jarretelles !

Mickey se redressa, oubliant son lacet.

— Pourquoi faut-il que vous teniez de pareils propos ? demanda-t-elle en un cri presque désespéré.

Il referma la porte derrière lui.

— Votre attitude hautaine et distante ne m'abuse pas, Hanlon. Je commence à penser que vous avez érigé ce rempart de glace autour de vous pour profiter du plaisir de voir un homme le briser. Je ne serais pas un homme si je n'avais pas envie d'aller voir ce qui se cache de l'autre côté du miroir. Je devine en vous un tempérament de feu.

Le cœur de Mickey cessa un instant de battre. Se pouvait-il qu'inconsciemment elle agisse vraiment ainsi, qu'elle émette des signaux le renseignant sur sa nature sensuelle ? Ce devait être vrai puisque Jean-Luc avait perçu la même chose.

Terrifiée à l'idée qu'il ait pu la mettre à nu, affaiblie, elle chercha refuge dans la colère.

— Vous vous trompez ! Je...

— C'est vous qui vous trompez sur votre compte, Hanlon, et je suis prêt à vous le prouver sur-le-champ ! lança-t-il en s'avançant vers elle.

Prise de panique, Mickey n'eut plus alors qu'une idée : fuir, quitter ce bureau exigu au plus vite. Hélas, au moment même où, se dirigeant vers la porte, elle passait devant son interlocuteur, elle marcha sur le lacet défait, trébucha et tomba en avant en poussant un cri d'effroi. Deux bras robustes arrêtèrent sa chute. La seconde suivante, la jeune femme se retrouva serrée contre une large poitrine musclée.

Au lieu de se débattre, Mickey demeura sans réaction, humant avec délices l'odeur d'une eau de toilette aux senteurs épicées qui faisait palpiter ses narines. Elle éprouvait soudain une sorte de vertige, d'ivresse. Ce torse, ces bras solides qui l'entouraient, dégageaient une telle force rassu-

70

rante ! D'un geste instinctif, elle pressa son corps contre celui de son partenaire et leva son visage vers lui. Tout s'évanouit autour d'elle. Les yeux bleu nuit se firent triomphants alors qu'elle gémissait. A l'appel de ce son primal, la bouche gourmande et avide de Ryan s'empara de la sienne en un baiser sauvage. Les lèvres de la jeune femme s'entrouvrirent afin de mieux accueillir la langue qui cherchait la sienne et ses doigts se nouèrent derrière la nuque bouclée.

Cet encouragement décupla l'ardeur de Ryan qui resserra encore son étreinte et, comme ivres, ils se mirent à tituber s'appuyant contre le mur pour ne pas tomber. Ryan la plaqua alors intimement contre lui, son corps épousant chacune des courbes de sa partenaire. Aux battements sourds de son cœur, à la force des sensations qu'elle éveillait en lui, il fut bientôt impossible à Mickey d'ignorer combien il la désirait.

Un long frisson fit trembler la jeune femme. Le monde autour d'eux n'existait plus. Seul comptait désormais ce désir fulgurant, presque douloureux qui montait au creux de ses reins. Ryan libéra un instant sa bouche pour reprendre sa respiration mais le reprit aussitôt pour un deuxième baiser plus fougueux encore que le précédent.

Mickey gémit de plaisir. Elle aurait voulu qu'il la prenne, là, sur-le-champ. Une fois encore la respiration leur manqua et ils s'éloignèrent l'un de l'autre. Alors qu'ils essayaient de maîtriser leur souffle saccadé, leurs yeux se rencontrèrent. Ce qu'elle lut au fond du regard bleu nuit, lui fit brusquement prendre conscience de ce qui se passait. Ryan Douglas était en état de choc.

Effarée, la jeune femme recula d'un pas et se réfugia derrière le rempart de son bureau. Toute chaleur quitta son corps, remplacée par une sensation d'écœurement. Comment avait-elle pu se conduire d'une façon aussi débridée ? De toute évidence, Ryan Douglas en était lui-même profondément choqué. Certes il l'avait désirée, mais purement en réponse à la manière dont elle s'était jetée à sa tête. Quel homme aurait résisté à un tel cadeau ? Car, à n'en pas douter, elle s'était offerte. Le désir, la pulsion sexuelle, voilà ce qui les avait jetés dans les bras l'un de l'autre ! Pas l'amour, jamais d'amour ! La nausée au bord des lèvres, elle cria :

— Sortez !

— Hanlon, je crois qu'il faut que nous parlions.

Appuyée au bureau, prise de vertige, Mickey n'avait plus qu'une idée : le faire sortir de la pièce le plus vite possible. Elle se saisit du premier prétexte qui lui traversa l'esprit.

— Nous n'avons rien à nous dire, monsieur Douglas. Je suppose que vous croyez avoir prouvé qu'il suffit que vous claquiez les doigts pour que je tombe dans vos bras, mais vous vous trompez. La vérité est que Jack me manque terriblement. C'est lui que j'embrassais, pas vous. Je n'en suis pas particulièrement fière, mais il n'y a rien à ajouter. Aussi apprécierais-je que vous me laissiez seule maintenant.

Les yeux bleu nuit prirent un éclat dangereux.

— Qu'est-ce que cela signifie, Hanlon ? Etes-vous en train de me dire que je ne représentais qu'un substitut à votre frustration sexuelle ?

Il contre-attaquait avec des mots destinés à blesser. Mickey sentait ses jambes se dérober.

— Exactement. Un objet de substitution et rien de plus ! Je suis désolée si j'ai froissé votre ego.

Combien d'invectives devrait-elle encore lui jeter au visage pour qu'il quitte enfin le bureau ? La jeune femme n'avait plus qu'un désir : se retrouver seule afin de panser ses blessures.

— Puisqu'il en est ainsi, je vous laisse et je vais vous attendre près de l'avion. Mais laissez-moi vous dire une chose, Hanlon : conduisez-vous comme vous venez de le faire avec un autre homme et il prendra ce que vous lui offrez. Que vos pensées aillent vers un autre à ce moment-là sera le dernier de ses soucis.

Sur ces mots, il quitta le bureau faisant claquer la porte derrière lui. Mickey s'effondra dans le fauteuil et demeura prostrée, la tête entre les mains. Quelle humiliation ! Elle se sentait si faible ! Il lui avait fallu mentir et elle se détestait de l'avoir fait. Mais comment aurait-elle pu agir autrement ? Le danger était plus terrible encore qu'elle ne l'avait supposé. La passion éprouvée dans les bras de Jean-Luc n'était rien comparée à celle déclenchée par un seul des baisers de Ryan. Face à ce raz de marée émotionnel, prise de panique, la jeune femme s'était sentie terriblement démunie.

Une aventure éphémère et rien d'autre, voilà ce que cherchait Ryan. Mais plus jamais Mickey ne se laisserait entraîner sur ce chemin qui ne menait qu'à la souffrance et à l'humiliation. Elle avait retrouvé sa dignité et ne permettrait à personne de la lui enlever. Jamais, au grand jamais, Ryan Douglas ne devrait deviner le pouvoir qu'il exerçait sur elle.

Cette détermination farouche donna à la jeune femme la force de redresser la tête. Il était temps de remettre de l'ordre dans sa tenue, de lacer sa chaussure et de rejoindre son client. Sans nouvelles de Sophie, il lui fallait continuer les recherches comme si de rien n'était. Après tout, n'était-elle pas payée pour cela ? Qui sait, peut-être étaient-ils sur la bonne voie et découvriraient-ils bientôt les fugitifs ? Mickey s'accrocha désespérément à cette idée réconfortante. La journée qui l'attendait serait rude et éprouvante et toute pensée positive était la bienvenue.

Mickey ferma la porte derrière elle et partit en direction de la jetée oubliant, au passage, de ramasser son chapeau tombé à terre.

Le fidèle Sid l'attendait, le visage réprobateur.

— Qu'est-ce qui te prend, Mickey ? Pourquoi es-tu agressive avec ce type alors qu'il s'est levé tôt ce matin pour me donner un coup de main ? Il m'a aidé à démonter la pompe.

Les yeux de Mickey s'arrondirent de stupeur.

— Il a fait ça !

— Ouais ! Et il n'a pas peur de se salir les mains, c'est sûr. On dirait même qu'il aime ça.

A l'évidence, Ryan venait de gagner la considération admirative du vieux mécanicien. Avec une pointe de malice dans le regard, ce dernier ajouta :

— Je sais même pourquoi il a fait ça. Il me l'a dit. Il n'aimait pas l'idée que la patronne mette sa vie en danger.

— Il a dit ça !

Le vieux mécanicien posa affectueusement sa main sur le bras de la jeune femme.

— Contrairement à ce que tu crois, on se fait du souci pour toi, p'tite fille !

Une vague de tendresse gonfla le cœur de Mickey.

— Toi, je n'en doute pas, Sid, mais lui ne pensait sûrement qu'à sauver sa peau !

— Qu'est-ce qui se passe, Mickey ? Je ne te reconnais plus. Ce type ne mérite pas que tu parles de lui comme ça, c'est un gars bien !

Se pouvait-il que Sid ait raison ? Le vieux mécanicien possédait un solide bon sens et portait, en général, un jugement très sûr sur les gens qu'il côtoyait. La jeune femme ne savait plus que penser.

— Avez-vous trouvé la panne ? demanda-t-elle pour détourner la conversation.

— Il n'y a rien d'anormal. Une fois remontée, cette foutue mécanique s'est mise à tourner comme une horloge. Mais, si elle remet ça, va falloir se résoudre à la changer.

Mickey approuva d'un signe de tête, bien que le prix annoncé par Sid pour la pièce neuve lui fît dresser les cheveux sur la tête.

— Il est temps que je rejoigne ton nouveau copain, Sid, dit-elle avec un sourire affectueux en direction du mécanicien. A ce soir !

— A ce soir, Mickey. J'espère que Donald Duck ne te causera pas de problèmes !

Dès qu'il l'aperçut, Ryan se redressa, l'air glacial, et se contenta de demander :

— Des ennuis ?

Mickey, qui s'attendait à des remarques acerbes, se trouva prise à contre-pied.

— Non. Si vous voulez tout savoir, je viens simplement de me faire réprimander par mon mécanicien pour mon agressivité à votre égard, tout à l'heure. Pourquoi ne pas m'avoir dit que vous étiez venu l'aider ?

74

Ryan repoussa son chapeau en arrière et enfonça les mains dans ses poches.

— Cela aurait-il changé quelque chose? Oublions ça, voulez-vous? Il est grand temps de partir. Le mauvais temps va compliquer nos recherches...

Mickey aurait voulu lui en dire plus, tenter de s'excuser, mais déjà Ryan lui tournait le dos et grimpait dans l'avion.

— Je suppose que nous reprenons les recherches là où nous les avons abandonnées hier soir, dit-elle en le rejoignant.

— A moins que vous n'ayez de nouvelles informations! lança-t-il d'un ton sarcastique.

Mickey se replia sur elle-même. Ses tentatives de réconciliation venaient d'échouer et la tension, de nouveau, s'installait entre eux. Il était bien difficile d'imaginer que quelques minutes auparavant ils étaient dans les bras l'un de l'autre, échangeant des baisers passionnés.

— Je n'ai aucune information nouvelle! annonça-t-elle les lèvres pincées, en lançant le moteur.

Quelques instants plus tard, cependant, après un décollage parfait, elle éprouva le besoin de s'excuser de nouveau.

— Ryan, appela-t-elle.

C'était la première fois qu'elle l'appelait par son prénom et elle trouva qu'il résonnait agréablement à ses oreilles. Il se tourna aussitôt vers elle.

— Avez-vous aperçu quelque chose?

Sous le regard de ces yeux bleu nuit qui la transperçaient jusqu'à l'âme, la jeune femme faillit perdre une fois encore ses moyens.

— Non. Je... je voulais simplement vous remercier.

— Me remercier, mais pourquoi donc?

— Pour vous être levé tôt ce matin afin d'aider Sid à réparer la pompe et... pour vous être inquiété pour moi!

— Oh... n'allez surtout pas vous faire des idées fausses, Hanlon! C'est pour moi que je m'inquiétais.

Mickey ne put s'empêcher de sourire. N'était-ce pas ce qu'elle avait répondu à Sid quelques instant plus tôt? Mais, à la manière dont il avait prononcé la phrase, la jeune femme sut qu'il mentait. Son inquiétude pour elle avait été sincère et Sid ne s'y était pas trompé. Cette idée lui mit du baume au cœur et elle osa de nouveau affronter son regard.

— J'espère que vous voudrez bien accepter mes excuses pour ce stupide accès de mauvaise humeur...

— Ça va, Hanlon, je commence à avoir l'habitude. Savez-vous pourquoi je déclenche invariablement votre agressivité ?

— Je...

— La réponse est évidente. Ma présence ne vous laisse pas indifférente et vous n'aimez pas ça du tout.

Le cœur de Mickey bondit dans sa poitrine.

— Vous dites n'importe quoi !

En guise de réponse, Ryan posa sa main sur la cuisse de la jeune femme et celle-ci sursauta violemment. Il eut alors un sourire triomphant.

— Vous voyez que je ne vous laisse pas indifférente...

Mickey éprouvait quelques difficultés à avaler sa salive. A travers le tissu de son pantalon, la main de Ryan lui communiquait sa chaleur, et l'émoi qu'elle en ressentait la bouleversait. Sa colère s'en trouva renforcée.

— Quelle prétention ! Ma réaction prouve ma surprise rien de plus.

— Vous éprouvez bien plus que de la surprise, avouez-le, Hanlon ! Vos yeux, votre corps, sont plus expressifs que vous ne le pensez. Je suis capable de décoder les informations qu'ils me transmettent. Et savez-vous ce que me dit cet étonnant regard vert ?

La bouche asséchée par l'émotion, Mickey ne trouvait plus la force de détourner son regard de ces yeux qui l'hypnotisaient, de fermer son esprit à ces mots qui déclenchaient en elle d'étranges sensations.

— Il me dit que je vous effraie mais que je vous fais frissonner tout autant...

Alors qu'une onde de chaleur la parcourait tout entière, il ôta brusquement sa main et poursuivit :

— Il me dit de ne pas m'arrêter... mais je n'ai plus envie de jouer à ce jeu. Etre utilisé comme substitut d'un fiancé absent n'a vraiment rien d'amusant. Lorsque je fais l'amour à une femme, j'aime qu'elle soit consentante, qu'elle se donne à moi corps et âme et que ses pensées ne volent pas vers un autre. Car, bien entendu, vous pensez actuellement à Jack, n'est-ce pas, Hanlon ?

Mickey détourna son regard pour ne pas voir le sourire ironique qui fleurissait sur ses lèvres. Dans l'état de transe où elle se trouvait, il aurait pu faire d'elle ce qu'il voulait ! Alors qu'elle concentrait de nouveau son attention sur le paysage, des larmes perlèrent au bord de ses paupières. La jeune femme pleurait sur elle-même, sa faiblesse, son impuissance. Elle aurait dû savoir qu'on ne s'attaque pas impunément à un homme comme Ryan Douglas. En le traitant d'objet de substitution, elle l'avait atteint dans son orgueil de mâle et il n'aurait de cesse de se venger.

Percevant sans doute son désarroi, Ryan lança d'une voix qui se voulait apaisante :

— Ne soyez pas si affligée, Hanlon ! Il est parfois bon de prendre conscience que nous ne sommes pas de purs esprits mais des êtres faits de chair et de sang, des êtres humains, tout simplement.

— Des êtres humains ! Des animaux plutôt !

Il se mit à rire.

— Les animaux s'accouplent, Hanlon, ils ne font pas l'amour. Quand vous aurez l'occasion de partager mon lit, je vous montrerai la différence.

Si son intention était de la provoquer, il venait de réussir au-delà de toute espérance. Des images, toutes plus dérangeantes les unes que les autres défilèrent dans l'esprit de la jeune femme. Elle était engagée dans une terrible bataille, d'autant plus difficile à gagner que l'ennemi n'était pas extérieur. C'est contre elle qu'elle devait lutter, et elle ne pouvait se permettre de perdre.

Vaillamment, Mickey mobilisa toutes les capacités de son imagination. Il lui fallait impérativement trouver la parade pour l'éloigner d'elle à jamais. La réponse ne tarda pas à lui venir. Elle n'avait qu'à accentuer le mépris qu'il éprouvait déjà pour elle... Un plan germa dans son esprit.

— Votre plus grand désir est que je vous conduise auprès de Leah et de Peter, n'est-ce pas ? lança-t-elle tout à coup. J'ai bien réfléchi. Je suis prête à répondre à votre demande, mais à une condition.

Ces mots, résonnant à l'intérieur du cockpit, firent l'effet d'une bombe.

— Vous êtes prête à faire quoi, répéta Ryan, incrédule.

— A vous conduire auprès des fugitifs en échange... d'un quart de million de dollars.

Ryan Douglas accusa le coup. Son visage se fit de marbre et ses yeux prirent la couleur de l'acier.

— Ainsi vous connaissiez le lieu de leur cachette ! Vous l'avez toujours connu, n'est-ce pas ? Alors, pourquoi... Oh, je comprends ! Il s'agissait de faire monter la pression pour obtenir le plus d'argent possible. Je croyais avoir tout vu mais votre cynisme dépasse tout ce qu'on peut imaginer... Le dégoût contenu dans sa voix était si évident que Mickey se recroquevilla sur son siège.

— Votre opinion m'importe peu. Acceptez-vous le marché, oui ou non ?

Ryan secoua la tête, comme s'il n'en croyait pas ses oreilles.

— Vous avez bien joué le coup. O.K., marché conclu ! On abandonne ces recherches inutiles. Tournez le nez de cet avion dans la bonne direction, Hanlon !

Mickey fit prendre à Donald Duck un virage à cent quatre-vingt degrés. Ils rentraient au port. Elle conduirait l'oncle de Peter chez Sophie. A l'heure actuelle, celle-ci devait avoir eu l'occasion de transmette le message aux fugitifs et ceux-ci seraient bientôt de retour. C'est tout ce qu'elle pouvait faire pour le moment.

Alors que l'hydravion prenait le cap du retour, le vent qui les avait accompagnés depuis le matin faiblit et la brume fit son apparition réduisant d'un seul coup la visibilité. Un malheur n'arrivant jamais seul, le moteur se mit brusquement à tousser avant de s'arrêter complètement dans un dernier hoquet.

— Un autre de vos jeux, Hanlon? s'enquit Ryan, sarcastique. Combien allez-vous me demander cette fois?

— Jouer avec notre sécurité ne serait pas du meilleur goût, ne croyez-vous pas? Nous sommes, hélas, réellement en panne!

Mickey se gardait de tout affolement. Avec un calme impressionnant, elle vérifiait une à une toutes les indications affichées sur le tableau de bord tout en essayant de faire redémarrer le moteur. En vain.

— Je n'arrive à rien, finit-elle par avouer. Nous allons devoir nous poser.

Ryan approuva d'un signe de tête sans l'importuner par des questions inutiles.

— J'ai aperçu une baie, là-bas qui conviendra parfaitement. Si nous devons y passer la nuit, elle nous offrira une plage protégée et une certaine sécurité, dit-il simplement.

Sans discuter, Mickey inclina le nez de Donald Duck dans la direction indiquée et, porté par le vent, l'hydravion descendit en un long vol plané vers la plage repérée par Ryan. La jeune pilote pria le ciel pour qu'ils aient un élan suffisant pour se rapprocher de la rive car ils ne pourraient s'aider du moteur pour l'atteindre. Après un amerrissage parfait, Donald Duck glissa sans problème jusqu'au rivage et, sans perdre une seconde, muni du câble d'amarrage, Ryan sauta dans l'eau fort heureusement peu profonde à cet endroit afin de tirer l'avion et de l'attacher à un arbre. Mickey ne tarda pas à le suivre. Alors qu'elle s'apprêtait à son tour à mettre les pieds dans l'eau, Ryan lui tendit les bras. La jeune femme hésita.

— Ne soyez pas stupide, Hanlon! Cela ne servirait à rien que nous soyons mouillés tous les deux.

Il avait raison. Mickey se laissa prendre par la taille et porter jusque sur le sable sec. Le trajet ne dura qu'un court instant mais ce fut suffisant pour que, de nouveau, le cœur de la jeune femme se mette à battre la chamade. Au moment de la déposer, Ryan garda plus longtemps que nécessaire les bras autour de son corps souple et Mickey dut faire un effort pour se dégager. Leurs yeux se rencontrèrent. Ceux de Ryan luisaient, ironiques. Elle recula d'un pas.

— Savez-vous si ces îles sont habitées ? demanda le photographe.

— Certaines le sont mais ne me demandez pas lesquelles. On ne circule ici qu'en bateau et on n'y vient souvent que pour y passer la journée. Sous le soleil, ces îles sont paradisiaques mais la nuit, avec le brouillard... elle peuvent vite devenir terrifiantes !

D'autant plus terrifiantes qu'elle y serait seule en sa compagnie ! Mickey ne put s'empêcher de frissonner. Déjà le crépuscule s'annonçait et une fraîcheur, qui bientôt se transformerait en froid glacial, lui tombait sur les épaules.

— Espérons qu'une fois refroidi le moteur redémarre ! lança alors Ryan Douglas.

— Je vais contacter Sid par radio, l'informer de ce qui se passe et lui donner notre position. Si nous n'arrivons pas à repartir, il viendra nous chercher.

Ryan approuva d'un signe de tête.

— Pendant ce temps, je collecterai un peu de bois mort afin de préparer un feu. Il se peut que nous en ayons besoin si nous devons passer la nuit ici.

Passer la nuit ici ! Alors qu'elle remontait dans l'hydravion, la jeune femme pria le ciel que cela ne se produise pas. Passer la journée à son côté représentait déjà une épreuve mais une nuit complète, sur une plage déserte... Une petite voix l'avertit qu'il valait mieux ne pas tenter le diable !

Après plusieurs tentatives infructueuses pour faire redémarrer l'hydravion, Mickey passa une main lasse sur son front, y laissant une traînée d'huile sale. La jeune femme n'y prêta guère attention, trop préoccupée par la situation qui semblait empirer de minute en minute. Avec l'aide de Ryan, elle avait tout tenté pour convaincre Donald Duck de

80

s'envoler de nouveau. En vain. Le moteur n'avait pas daigné émettre le moindre crachotement. Pour comble de malheur, le contact radio établi avec Sid n'était pas plus encourageant. La brume, devenue brouillard, clouait au sol tous les avions. Le mécanicien ne pourrait venir à leur secours avant le lendemain matin... au plus tôt.

Il suffisait d'ailleurs à la jeune femme de jeter un regard à travers le hublot pour se rendre compte combien la visibilité s'était encore réduite. Elle apercevait à peine la silhouette de Ryan occupé à entasser le bois mort ramassé plus tôt. Mickey le regardait travailler avec une certaine admiration. Ce diable d'homme semblait à l'aise dans n'importe quelle situation. Malgré les efforts qu'elle déployait pour le dévaloriser, il continuait à exercer sur elle une fascination totale. Il était riche, bouffi d'orgueil, utilisait les femmes comme des jouets — tout ce qui était purement rédhibitoire à ses yeux — et pourtant il l'attirait comme un aimant. La jeune femme ferma les yeux et, désespérée, posa la tête sur ses bras repliés. Elle ne devait pas succomber à la tentation, laisser son corps commander son esprit comme le faisait sa mère. Une fois les désirs assouvis, les plaisirs éphémères passés, que resterait-il ?

La jeune femme sursauta violemment lorsqu'une main se posa sur son épaule. Elle se redressa, ouvrit les yeux et leva un regard dénué d'expression sur la silhouette indistincte de Ryan penché sur elle.

— Tout va bien, Hanlon ?

L'inquiétude réelle perçue dans sa voix et la pression amicale de ses doigts la réconfortèrent un instant mais, fidèle à ses bonnes résolutions, elle répliqua d'un ton acerbe :

— Que faites-vous ici ? Vous êtes censé préparer un feu ! Ryan retira aussitôt sa main et Mickey n'aurait su dire si elle se sentit soulagée ou frustrée.

— Il est prêt. Je venais chercher des allumettes mais vous aviez l'air si désespéré que j'ai oublié que vous ne supportiez pas que l'on vous touche.

Mickey frémit. Que dirait-il s'il savait qu'au contraire elle n'aspirait qu'à ses caresses et que c'était la raison pour laquelle elle venait de réagir si violemment? Seigneur, jamais encore jusqu'à ce jour, elle n'avait rencontré un homme capable de déchaîner en elle un tel ouragan d'émotions. A chaque seconde elle se sentait en danger de se trahir.

— Comment ne pas être désespérée? répondit-elle, amère. Le moteur refuse de redémarrer et Sid ne viendra pas nous chercher avant demain matin. Le brouillard empêche désormais les avions de décoller. Nous allons devoir passer la nuit ici.

— Et c'est cette perspective qui vous met dans cet état? Vous connaissant comme je commence à vous connaître, je ne peux pas dire que cela me surprenne. Qu'est-ce qui vous inquiète le plus, Hanlon? Que je me jette sur vous ou que je ne le fasse pas? Vous savez que plus d'une femme serait prête à payer une fortune pour être à votre place?

— Sortent-elles toutes du même asile?

Il éclata d'un rire sonore.

— Ainsi toute femme qui m'accorderait ses faveurs aurait perdu la raison?

— Celles qui acceptent d'être utilisées comme un objet et rien d'autre ne peuvent qu'avoir perdu l'esprit!

— Je partage votre opinion, Hanlon. C'est pourquoi les femmes-objets ne m'intéressent pas.

— Pourtant vous n'utilisez les femmes que pour satisfaire votre bon plaisir. Et quand vous commencez à vous lasser d'une de vos compagnes, vous la jetez comme un vulgaire Kleenex avant d'en chercher une nouvelle!

Ryan partit d'un grand rire cristallin.

— Vous délirez Hanlon! Si j'avais eu, ne serait-ce que la moitié des maîtresses que m'attribue la presse à scandales, je serais mort d'épuisement depuis longtemps. Aussi étrange que cela puisse vous paraître, je ne sors pas avec une femme uniquement pour la mettre dans mon lit. J'ai plus de respect pour elles et pour moi-même. J'ai eu des aventures, certes, mais ni plus ni moins que tout un chacun et j'ai toujours eu pour mes compagnes la plus grande considération. Mon métier m'oblige, il est vrai, à participer à de nombreuses soirées mondaines où il est bien vu de venir accompagné. Mes amies me rendent ce service. Si leur beauté me séduit, j'apprécie aussi leur esprit et leur conversation. Désolé, Hanlon, mais je ne suis pas un athlète sexuel. Je n'en ai ni le temps ni le désir.

La plaidoirie de Ryan revêtait un accent d'une sincérité indéniable qui troubla Mickey. N'avait-elle pas, elle-même, subi les assauts de cette presse qu'il dénonçait ? Mortifiée, la jeune femme devait bien admettre qu'elle avait manqué de discernement. Un homme qui parcourt la planète et qui est capable d'en rapporter les photos exposées dans la galerie d'art de Vancouver ne pouvait correspondre au portrait que l'on faisait de lui dans les gazettes. La vie, l'harmonie, le respect de l'être humain et de sa dignité, étaient, de toute évidence, ce qui lui importait le plus. Elle lui devait des excuses.

— Je suis vraiment navrée. Cette presse me donne, à moi aussi, la nausée. Je n'arrive pas à comprendre comment j'ai pu me laisser abuser par ces ragots de bas étage.

— Ils vous donnaient une bonne raison de me détester.

Une fois de plus, il avait touché juste !

— Rien n'est changé ! l'avertit-elle aussitôt.

Au lieu de répondre, Ryan lui tendit un mouchoir qu'il venait de sortir de sa poche.

— Vous avez une trace d'huile sur le front.

Alors qu'elle frottait la tache avec la dernière énergie, il lança :

— Vous brûlez du désir de vous jeter dans mes bras, Hanlon, et cela vous dérange, avouez-le ! Ce qui s'est passé dans votre bureau ce matin...

Mickey se sentait au bord de la crise d'hystérie. Elle lui rendit son mouchoir d'une main qu'elle ne pouvait empêcher de trembler.

— Assez, ce n'est pas vrai ! Je n'éprouve aucun désir pour vous !

— Voyez-vous, Hanlon, j'ai du mal à croire à votre version de la femme en manque de son fiancé. Tout comme je ne puis croire que, ce matin, n'importe quel homme aurait fait l'affaire.

Que pouvait-elle répondre ? La jeune femme sentait son adversaire prêt à lui prouver sur-le-champ combien elle se trompait et, elle en était convaincue, cette nouvelle bataille serait perdue d'avance.

— Vous n'êtes qu'un odieux personnage !

— Pourquoi ? Parce que je vous oblige à regarder la vérité en face ?

— Allez au diable !

— O. K., Hanlon, j'abandonne le combat ! Si je ne trouve pas immédiatement des allumettes, le bois sera trop humide pour prendre feu.

Mickey fut soulagée de se retrouver confrontée à des problèmes plus terre à terre. Elle lui montra une boîte du doigt.

— Les allumettes sont là. Nous devrions également trouver un nécessaire de survie et des couvertures. Elles nous tiendront chaud cette nuit...

— Nous pourrions utiliser une méthode bien plus agréable pour nous tenir chaud, Hanlon, mais sans doute préféreriez-vous mourir de froid plutôt que de vous blottir contre moi ?

Comme elle eût aimé que ce fût vrai ! Hélas, à la seconde même où cet homme avait franchi la porte de son bureau, la jeune femme avait pressenti qu'il réveillait en elle les démons qu'elle croyait endormis à jamais ! Et voilà que les circonstances l'obligeaient à passer une nuit entière en sa compagnie sur une île déserte coupée du reste du monde.

Nul doute que cette nuit allait se révéler pour Mickey l'épreuve la plus difficile de son existence.

6.

Mickey rejoignit Ryan Douglas près du feu, les bras chargés de casseroles et de boîtes de conserve trouvées dans un des conteneurs de l'avion. Elles représentaient le nécessaire de survie en cas d'amerrissage forcé : soupe, viande bouillie, fruits au sirop.

— Voilà qui tombe à pic, je meurs de faim ! s'exclama joyeusement le photographe en l'apercevant. Vous êtes très prévoyante. Seriez-vous souvent confrontée à ce genre d'incident ?

— Seulement quand je suis à court d'argent et que je ne peux faire procéder au changement des pièces défectueuses en temps voulu.

La jeune femme regretta aussitôt sa remarque acerbe mais il était trop tard. Le ton de son interlocuteur perdit de sa gaieté pour se faire sarcastique.

— Dès que vous m'aurez conduit auprès de Peter, vous pourrez, grâce à la somme que vous m'avez extorquée, faire réparer tous les avions de votre compagnie !

— Ce ne serait pas un luxe ! maugréa Mickey, comme pour elle-même.

— Enfin, vous l'admettez !

S'installant confortablement sur ses talons, il tendit les mains vers elle, offrant de la débarrasser de son fardeau.

— Il est temps que vous preniez quelque repos, Hanlon. Confiez-moi cela, je m'occupe de tout !

— Ne vous donnez pas cette peine, je peux très bien...

— Cela suffit ! Etant donné les circonstances, le numéro de la femme qui doit faire la cuisine me semble tout à fait déplacé !

Tout désir de résistance envolé, Mickey lui tendit les boîtes de conserve. Avec une grande dextérité, Ryan Douglas se mit en devoir de les ouvrir. Fascinée, Mickey ne pouvait détacher son regard de ses mains d'artiste longues et racées et un trouble délicieux l'envahit. Un instant, elle imagina ces mains se poser sur son corps et le caresser. Seraient-elles aussi expertes avec le corps d'une femme qu'elles l'étaient avec un appareil photo ? Sauraient-elles le faire vibrer, déclencher des plaisirs infinis ? A l'abri des regards, sous son épais pull-over, les pointes de ses seins se dressèrent comme si les doigts experts venaient de les effleurer.

Une pomme de pin éclata dans le feu ramenant brusquement Mickey à la réalité. Dieu du ciel, que lui arrivait-il ? Comment le simple spectacle de Ryan Douglas ouvrant une boîte de conserve pouvait-il déclencher en elle des pensées d'un érotisme aussi torride ?

— Qu'est-ce qui vous a amenée au Canada, Hanlon ?

Immergée dans ses pensées, la jeune femme entendit les mots sans les comprendre. Elle restait là, sans bouger, à le contempler avec un air totalement stupide. N'obtenant pas de réponse, Ryan Douglas abandonna la boîte qu'il venait d'ouvrir et leva vers elle un regard un peu trop perspicace.

— Continuez à me regarder ainsi, Hanlon, et je vais commencer à croire que le menu est plus varié encore que je ne le supposais.

Le cœur de Mickey bondit dans sa poitrine. S'il avait deviné ses pensées, elle en mourrait de honte !

— Je ne vous regardais pas ! se défendit-elle.

Ryan Douglas éclata de rire.

— Vous me dévoriez du regard mais, bien entendu, vos pensées ne m'étaient pas destinées. Elles allaient à votre fiancé. Attention, Hanlon, si vous persistez à nous confondre, le soir des noces, Jack risque d'être appelé Ryan !

Elle l'aurait volontiers giflé! La colère lui ôta toute prudence.

— Jamais je ne vous ai confondus! s'exclama-t-elle, comprenant immédiatement l'énormité de l'erreur qu'elle venait de commettre.

— Tiens, tiens, tiens... Ma chère, le jeu auquel vous vous adonnez peut s'avérer très dangereux. Regardez-moi une fois encore comme vous venez de le faire et je ne réponds plus de rien!

Etouffant de rage, Mickey se leva et courut vers le bord de l'eau. Elle avait chaud, très chaud. L'eau n'était guère tentante mais, sans plus réfléchir, elle ôta son pull-over et s'aspergea le haut du corps d'eau glacée. Le choc provoqua une réaction salutaire, apaisant le feu qui courait dans ses veines. Un sifflement admiratif retentit alors dans son dos.

— Waouh, j'ai toujours eu l'intime conviction que sous votre tenue de camouflage, se cachait une femme superbe, Hanlon, mais j'étais loin d'imaginer qu'elle avait ce corps de déesse! Vous ne portez donc jamais de soutien-gorge?

D'un geste instinctif, Mickey cacha sa poitrine nue de ses mains. Elle s'était crue protégée par le brouillard et la nuit mais avait oublié le feu allumé par Ryan Douglas. Celui-ci l'éclairait comme sur une scène de théâtre. Elle venait tout simplement de se donner en spectacle!

Sans même prendre le temps d'essuyer l'eau qui coulait sur sa peau, Mickey revêtit son pull-over en toute hâte.

— Un gentleman aurait détourné les yeux! lança-t-elle, rageuse.

— Celui qui ne désire pas être observé prend soin de se cacher!

Cependant, comme tremblant de froid, elle se rapprochait du feu pour se réchauffer, il se radoucit :

— Pourquoi éprouvez-vous le besoin de dissimuler votre corps splendide, Hanlon?

La réponse fusa sans qu'elle ne pût rien faire pour l'empêcher.

— La beauté n'est pas toujours un atout. Elle peut être une malédiction.

— Une malédiction !

Le visage de Ryan Douglas refléta un étonnement total.

Mickey s'empara de la boîte de conserve ouverte et voulut en verser le contenu dans une des casseroles. Ses mains tremblaient si fort que Ryan Douglas lui reprit la boîte.

— Que vous est-il arrivé dans le passé, Hanlon ? demanda-t-il alors. Pourquoi êtes-vous venue vous réfugier dans ce coin perdu du Canada ?

Sa voix était soudain si douce, si pleine de sollicitude que Mickey fut sur le point de lui révéler la vérité. Elle se souvint juste à temps que sa curiosité était purement professionnelle et que, jamais, elle ne devrait se laisser aller aux confidences auprès de lui.

— Je suis venue rejoindre mon père, Michael Hanlon, répondit-elle dans une grande économie de détails.

— Hum... vous ne répondez qu'à une partie de ma question.

Avait-il l'intention de se livrer à une véritable inquisition ?

— En supposant que j'aie quelque chose à cacher, donnez-moi une seule bonne raison de me confier à vous, monsieur Douglas.

— J'en connais une, qui vaut le quart d'un million de dollars.

Mickey blêmit sous le choc.

— Vous pensez que je parlerais pour de l'argent ?

— N'est-ce pas votre façon d'agir ? De l'argent contre des informations. Vous avez déjà accepté une fois. Ne me dites pas que maintenant mon argent ne vaut plus rien.

Alors que, profondément humiliée, la jeune femme baissait la tête sans répondre, Ryan Douglas proposa sarcastique :

— A moins que vous ne préfériez vous faire payer... en baisers !

— Plutôt mourir ! s'écria Mickey en reculant, effrayée. Surtout ne vous approchez pas de moi, je n'éprouve pour vous que de la répulsion.

Ce fut au tour des mains de Ryan Douglas de trembler lorsqu'il versa le contenu de la boîte de conserve dans la casserole avant de la déposer sur le feu.

— Je jure, qu'un jour, je vous ferai ravaler ces paroles !

Mickey se mordit la lèvre jusqu'au sang. C'était la dernière chose qu'elle souhaitait ! A l'aide d'une cuillère de bois, elle se mit à remuer la soupe dans la casserole comme si sa vie en dépendait. Son compagnon laissa alors échapper un profond soupir.

— Ecoutez, Hanlon, nous sommes tous deux exténués, affamés et dans l'obligation de passer la nuit ici, loin de tout. Nous quereller ne nous conduira nulle part. Enterrons la hache de guerre, voulez-vous.

Mickey hésita un instant, mais il avait vu juste quant à son état de fatigue. Epuisée, elle rendit les armes.

— D'accord ! répondit-elle en priant Dieu de ne pas avoir à le regretter.

A la fin du repas, tout en savourant avec délices son café brûlant, Mickey se perdit en conjectures. Elle venait de passer un moment des plus agréables. Ryan Douglas s'était montré un compagnon idéal dans l'adversité. Etant donné l'état de tension du début de soirée, il avait accompli un véritable miracle. Sans doute le récit de ses expéditions dans les endroits les plus reculés de la planète avai-il contribué à détendre l'atmosphère.

Elle avait découvert un personnage bien différent de ce qu'elle imaginait. Il possédait un réel sens de l'humour, ne se prenait pas du tout au sérieux et éprouvait même un certain plaisir à se moquer de lui-même ! Plus important encore, tout au long de ses récits, il n'avait pas manqué de montrer une véritable sensibilité à la misère, à la détresse, au désespoir de certaines populations du monde qu'il avait eu l'occasion de côtoyer.

Au fur et à mesure que le temps passait, Mickey en arrivait à la conclusion que Ryan Douglas était un homme intéressant qu'elle pourrait aimer et respecter. Hélas, l'irrésistible attraction qu'il exerçait sur elle, l'émoi physique qu'il suscitait dès qu'elle se trouvait près de lui, obligeaient la jeune femme à se tenir constamment sur ses gardes et à mobiliser toutes ses défenses pour conserver son équilibre retrouvé ! Un froid intense, qui n'était pas seulement dû au brouillard de plus en plus épais qui les enveloppait, la fit frissonner. Elle se sentit étrangement triste à l'idée de ne pas pouvoir s'autoriser à devenir son amie.

— Vous voilà bien silencieuse, Hanlon. Mon discours vous aurait-il ennuyée ?

— Pas du tout, il m'a passionnée au contraire ! protesta-t-elle avec véhémence. Ces reportages qui vous conduisent, chaque fois, dans un lieu différent...

— Le prochain se fera en Europe. Un de mes amis, archéologue, m'a confié l'illustration du livre relatant les fouilles qu'il dirige en Grèce.

Les yeux verts de la jeune femme brillèrent d'excitation.

— Des fouilles archéologiques en Grèce ! Je donnerais cher pour échanger, ne serait-ce que cinq minutes, ma place avec la vôtre !

Ryan Douglas la regarda, intrigué.

— Je pensais que vous ne vous intéressiez qu'à vos avions !

— Mon père m'a transmis sa passion pour eux mais, à dix-huit ans, je rêvais d'être archéologue.

Au souvenir de cette époque de sa vie, ses yeux verts perdirent leur éclat et les mots moururent sur ses lèvres.

— Pourquoi ne l'avez-vous pas fait ?

— J'ai dû renoncer à mes études. Ma mère avait besoin de moi.

— Oh... j'ignorais qu'elle souffrait d'un handicap !

— Non, non ! protesta aussitôt Mickey. Elle a toujours été, au contraire, en pleine santé mais... l'idée que je puisse la quitter lui était insupportable et je ne me sentais pas assez forte pour la contrarier.

— Pourtant, un jour, vous l'avez fait. Comment y êtes-vous parvenue ?

— Disons, répondit-elle finement, que notre conception de la vie était devenue si différente que j'ai éprouvé, un jour, le besoin de m'éloigner d'elle pour me rapprocher de mon père.

— Avec le consentement de votre mère ?

— C'est elle qui m'a aidée à retrouver sa trace.

— Avez-vous gardé des contacts avec elle ?

— Nous nous écrivons régulièrement. Bien que nous ne partagions pas les mêmes valeurs, nous n'en éprouvons pas moins une profonde tendresse l'une pour l'autre.

C'était tout à fait vrai. Les lettres de Tanita montraient qu'elle s'inquiétait beaucoup pour sa fille et les réponses de Mickey contenaient parfois des mensonges destinés à la rassurer.

— Quels sont vos plans pour l'avenir ? Avez-vous l'intention de vous marier, d'avoir des enfants ?

Mickey sursauta. La question posée par Ryan Douglas était la même que celle qui revenait sans cesse dans les lettres de Tanita. Si, au sortir de l'adolescence, comme toutes les jeunes filles de son âge, elle avait caressé ce rêve, les événements n'avaient pas tardé à lui démontrer que ce bonheur n'était pas pour elle.

— J'adore mon métier et il me prend beaucoup de temps.

— Cela n'a jamais empêché personne de fonder une famille ! Il suffit de tomber amoureux pour découvrir que l'on peut concilier travail et vie de famille.

— C'est ce que l'on raconte dans les contes de fées mais la réalité est tout autre.

Son interlocuteur resta un long moment silencieux, ses yeux bleu nuit fixés sur elle puis, avec un hochement de tête, il murmura :

— Un homme vous a blessée, n'est-ce pas ?

Mickey sentit une grande faiblesse l'envahir. Il venait, une fois de plus, de trouver le défaut de la cuirasse.

— Pourquoi dites-vous cela ?

— Quand une femme passionnée comme vous l'êtes déclare ne pas croire en l'amour, un homme est forcément en cause.

— Ce n'est pas vrai !

— Qu'est-ce qui n'est pas vrai ? Le fait que vous soyez une femme passionnée, ou qu'un homme vous ait fait souffrir ?

— D'accord, d'accord, concéda-t-elle rageusement. J'ai connu un homme dans le passé. Il... J'ai cru que nous nous aimions mais il n'en était rien. Si l'amour existe, il n'est pas pour moi.

— Dieu du ciel, Hanlon, cette aventure malheureuse vous ferait-elle douter de vous au point que vous refusiez désormais toute nouvelle expérience ?

La jeune femme haussa les épaules, fataliste.

— Ne sommes-nous pas tous amenés à effectuer des choix ? La vie que j'ai choisie de mener me convient parfaitement. Vous-même n'êtes pas marié, que je sache !

— En effet. Il se trouve que je n'ai pas encore rencontré la compagne idéale, l'âme sœur, celle avec qui je désire tout partager, les joies comme les peines.

— Supposons que vous la rencontriez et qu'elle ne partage pas vos sentiments ?

— Impossible !

Elle ne put s'empêcher de rire à cette déclaration.

— Quelle suffisance !

— Ce n'est pas de la suffisance, Hanlon, je me protège. Si je ne croyais pas que je rencontrerais un jour la femme qui me convient et qu'elle accepterait de partager ma vie, je n'aurais aucune raison de poursuivre ma quête.

— Peut-être. Mais en attendant ce jour, vous prenez votre plaisir avec celles qui ont le malheur de croiser votre chemin !

— Je ne suis pas un moine et j'éprouve, comme tout un chacun, le besoin de faire mes propres expériences. Mais, au moins, lorsque je prends une femme dans mes bras, je ne la considère pas comme un objet de substitution...

L'allusion à ce qu'elle lui avait déclaré le matin même fit monter le rouge de la honte au front de Mickey.

— Je... je ne voulais pas ! C'est vous qui...

— Soyez honnête, pour une fois, Hanlon ! Vous étiez plus que consentante ! Votre agressivité à mon égard est injustifiée. Je n'ai en rien prémédité ce qui est arrivé. Nous avons, vous comme moi, été pris par surprise.

— Ce ne fut qu'un moment d'égarement sans importance !

— En êtes-vous certaine ? Je suis prêt, quant à moi, à renouveler l'expérience.

— Que se passe-t-il, monsieur Douglas ? Pourquoi ce harcèlement ? Il n'y a pas si longtemps encore, vous me déclariez dépourvue de toute féminité et affirmiez que je ne possédais rien qui puisse attirer un homme, ironisa-t-elle.

— C'était sous le coup de la colère mais je suis en train de réviser mon jugement. Chaque minute qui s'écoule me laisse entrevoir en vous des aspects que j'aimerais beaucoup approfondir.

— Appelez les choses par leur nom ! Ce qui vous intéresse c'est que je partage votre lit !

— L'expérience ne devrait pas manquer d'intérêt !

— Tout comme l'ascension de l'Everest ! Pourtant, elle ne me tente pas.

Haussant les épaules, Ryan Douglas se leva brusquement.

— On en apprend tous les jours, vous verrez. Mais pour le moment il est temps de regagner l'avion ! lança-t-il en commençant à éteindre le feu

— Nous ne passons pas la nuit ici, près du feu ?

— Dans ce brouillard, vous n'y pensez pas, Hanlon ! Je ne nous donne pas une heure avant que nous ne soyons trempés jusqu'aux os et candidats à la pneumonie. N'avez-vous pas assez confiance en vous pour rester seule à mon côté...

— Vous vous faites trop d'honneur ! Il est évident que vous n'avez jamais essayé de dormir dans un hydravion, sinon vous ne le confondriez pas avec une chambre d'hôtel, répondit-elle en tentant de se raccrocher à toutes les excuses plausibles qu'elle pouvait trouver.

— Je pense pouvoir m'accommoder de cet inconfort... surtout si je dois le partager avec vous.

— Je compte sur le fait que vous êtes un gentleman, monsieur Douglas, et que vous n'iriez jamais contre la volonté d'une femme, ajouta-t-elle doucereusement.

Sans attendre sa réponse, elle lui tourna le dos et se dirigea vers l'appareil désormais plongé dans une totale obscurité. Quand elle pénétra dans la carlingue, l'idée de repousser le verrou derrière elle et d'obliger ainsi Ryan Douglas à passer la nuit dehors, lui traversa l'esprit. Sa conscience, hélas, lui interdit un acte aussi barbare !

Mickey étendit sa couverture à même le plancher et se fit un oreiller avec son blouson. Quelques secondes plus tard, Ryan Douglas venait la rejoindre. Sans se préoccuper de lui, la jeune femme ôta ses bottes, s'allongea et s'enroula dans la couverture.

— Nous aurions intérêt à partager les mêmes couvertures, Hanlon, lança-t-il alors. La nuit va être froide et il nous faut conserver la chaleur.

— Dès que la porte sera refermée, l'atmosphère va se réchauffer, répondit-elle sèchement.

Sans plus insister, Ryan ferma la porte, prépara son lit et, quelques minutes plus tard, s'allongea près d'elle.

— Bonne nuit, Hanlon ! dit-il, sa bouche contre son oreille.

La jeune femme roula sur le côté afin de s'éloigner de lui.

— Bonne nuit ! répondit-elle, glaciale, priant le ciel que le sommeil ne tarde pas à venir.

Le ciel dut rester sourd à ses prières car ce n'est que beaucoup plus tard, alors que depuis longtemps déjà la respiration régulière de Ryan prouvait qu'il s'était endormi, qu'elle glissa enfin dans le sommeil tant espéré.

Mickey se débattait au sein d'un horrible cauchemar. Quelqu'un ou quelque chose la poursuivait, elle courait, courait, mais savait qu'elle ne pourrait finalement s'échapper... Elle se mit à hurler.

— Dieu du ciel, que se passe-t-il, Hanlon ?

La voix inquiète de Ryan pénétra dans son esprit embrumé et la réveilla.

— J'ai... j'ai eu tellement peur... balbutia-t-elle.

Le plus naturellement du monde, Ryan l'attira alors contre lui et elle se réfugia dans ses bras, tremblant de tous ses membres. Il la berça comme un bébé, lui caressant les cheveux, murmurant à son oreille :

— Calmez-vous, Hanlon, tout va bien, vous êtes en sécurité.

La jeune femme cessa de trembler. Elle ne s'était, en effet, jamais sentie autant en sécurité de sa vie. Elle enfouit son visage dans le cou de son compagnon et laissa échapper un sanglot.

— Ce n'était qu'un mauvais rêve. Vous ne risquez rien, je suis là.

Tandis qu'il lui parlait avec douceur, la rassurait, elle sentit son souffle sur sa joue, comme une caresse. Elle aurait dû le repousser, s'éloigner de lui. Elle n'en fit rien. Tout son être la poussait, au contraire, à se rapprocher, à rechercher la chaleur de ce corps d'homme puissant et musclé. Dans un geste instinctif, elle se blottit contre lui. Ryan cessa alors de parler et ils se retrouvèrent bouche contre bouche, souffle contre souffle.

Comme si la décence lui interdisait de prendre ces lèvres que pourtant elle lui offrait, Ryan se contenta d'explorer leur contour du bout de sa langue humide. Mickey perdit alors toute notion de temps et d'espace. Elle le laissait faire, appréciant chaque seconde de cette lente exploration, consciente toutefois que ce jeu subtil pouvait être plus dangereux encore que la fougue des baisers précédents. Ryan dut arriver à la même conclusion car il la repoussa avec douceur mais fermeté.

— Il vaut mieux ne pas continuer...

Sa voix était si tendue, si altérée, que Mickey comprit soudain l'effort qu'il exerçait sur lui-même et elle lui en fut reconnaissante. A regret, la jeune femme quitta l'abri de ces bras au creux desquels elle se sentait si bien mais alors qu'elle cherchait à s'éloigner, le destin leur joua un tour. Son mouvement amena la main de son partenaire à se poser sur sa poitrine. Ce fut comme s'ils recevaient tous deux une décharge électrique. Ils se figèrent, tétanisés, mais la jeune femme ne put empêcher son corps de réagir. La pointe sensible de son sein se durcit instantanément sous la chaleur de la paume qui la recouvrait.

— Mickey! implora-t-il d'une voix rauque.

— Je sais..., gémit-elle.

Aucune force au monde n'aurait pu alors les retenir. Ryan souleva le pull-over pour mettre à nu les seins aux pointes turgescentes. Sa langue se mit en devoir de les lécher, passant de

95

l'une à l'autre en un ballet incessant. Ivre de plaisir, presque sanglotante de bonheur, Mickey se mit à lui griffer le dos et eut une espèce d'éblouissement en sentant sa réaction. Il s'arc-bouta et frémit longuement. Enhardie, elle glissa sa main jusqu'à la ceinture de son jean et sentit la force de son désir. Avec un grognement, il s'éloigna d'elle, mais le murmure de protestation qu'elle commençait d'émettre mourut sur ses lèvres quand il entreprit fébrilement de les débarrasser tous deux de leurs derniers vêtements.

Alors, il s'allongea sur elle. Ils étaient enfin l'un contre l'autre, peau contre peau, leurs corps nus s'épousant à la perfection. Mickey ouvrit les jambes pour mieux l'accueillir en elle. Elle n'avait plus qu'un seul désir : ne faire qu'un avec lui, le sentir se fondre dans son intimité. Cambrant les reins, la tête rejetée en arrière, la jeune femme voulut crier qu'elle ne pouvait plus attendre mais ce fut inutile. Il savait qu'elle était prête. Il pénétra au creux de sa tendre chaleur. Mickey noua alors ses jambes autour de la taille de son amant et, enchaînés l'un à l'autre, emportés par les vagues d'un océan démonté, ils se laissèrent aspirer par la spirale infinie du plaisir et de la volupté, et c'est en même temps qu'ils connurent l'extase, fou-droyante et superbe.

Alors que ses paupières alourdies se fermaient malgré elle et que les brumes du sommeil envahissaient son esprit, Mickey eut vaguement conscience que son compagnon prenait soin de recouvrir son corps dénudé et couvert de sueur d'une couver-ture. La jeune femme aurait dû se poser des questions sur ce qui venait de se passer mais elle en était incapable. C'est avec bonheur qu'elle se laissa glisser dans un sommeil profond.

Demain serait un autre jour.

7.

Le jour était levé depuis longtemps déjà quand Mickey manifesta les premiers frémissements du réveil. Alors qu'elle s'étirait langoureusement, les yeux encore fermés, elle perçut la texture rugueuse de la couverture contre sa peau. Cette sensation suffit à l'éveiller tout à fait. Elle était entièrement nue ! Les événements de la nuit lui revinrent alors à la mémoire. Dieu du ciel, qu'avait-elle fait ?

Atterrée, la jeune femme ouvrit les yeux et se retrouva confrontée au regard bleu nuit de Ryan qui l'observait. Le visage de celui-ci n'était qu'à quelques centimètres du sien affichant une expression indéfinissable tandis que, sur ses lèvres, fleurissait un sourire.

— Bonjour ! lança-t-il, amusé.

Avec sa barbe naissante, un reste de sommeil au fond des yeux, il possédait un charme irrésistible. La jeune femme referma les paupières afin d'échapper à son terrible pouvoir d'attraction. Pourquoi souriait-il ? Qu'est-ce qui l'amusait, qu'elle se soit donnée à lui aussi facilement ? Quand elle rouvrit les yeux quelques secondes plus tard, tout sourire avait disparu du visage de son interlocuteur.

— Que se passe-t-il, regretteriez-vous déjà ce qui s'est passé ? demanda-t-il d'une voix ayant perdu toute aménité.

La gorge nouée par l'émotion, Mickey détourna le regard et lui retourna sa question :

— Et vous ? N'avez-vous aucun regret ?

Ryan secoua lentement sa tête.

— Non, aucun. Ce qui s'est passé la nuit dernière n'était en aucune façon programmé mais ni vous ni moi n'aurions pu l'empêcher.

Les paroles de Ryan n'étaient pas faites pour la réconforter. Elles ne faisaient que confirmer, si besoin était, son manque de maîtrise de soi. Hélas, la jeune femme n'ignorait pas à quel comportement extrême elle pouvait se livrer lorsque le côté impulsif de sa nature prenait le dessus ! Tous les efforts déployés pendant huit ans pour juguler les démons qui sommeillaient en elle venaient d'être anéantis en une seule nuit. Il avait suffi qu'un homme particulièrement séduisant pose ses mains sur elle pour qu'elle se retrouve frémissante entre ses bras, à quémander ses caresses.

La nausée au bord des lèvres, Mickey s'assit, serrant la couverture contre sa poitrine, rempart dérisoire contre son angoisse. Elle chercha désespérément ses vêtements du regard. Sans eux, elle se sentait si vulnérable ! Mêlés à ceux de son compagnon de la nuit, ils étaient éparpillés autour de leur lit de fortune. En se penchant, elle parvint à saisir son pull-over. Ryan s'assit à son tour et sa peau nue frôla la sienne. Prise de panique, Mickey aurait voulu fuir mais pour aller où ? La carlingue exiguë de l'avion qui leur avait servi d'abri pour la nuit n'offrait guère d'espace. Ryan posa sa main sur son épaule.

— Mickey...

C'était plus que la jeune femme n'en pouvait supporter.

— Ne me touchez pas ! hurla-t-elle, au bord de l'hystérie.

Ryan retira sa main comme s'il venait d'être piqué par un serpent. Il lui saisit cependant le menton et l'obligea à affronter son regard dans lequel passaient des nuages d'orage.

— Que signifie cette attitude, Hanlon ?

La jeune femme fit un effort surhumain pour empêcher ses lèvres de trembler.

— Ne pensez-vous pas qu'il s'est passé suffisamment de choses cette nuit ?

Les yeux bleu nuit lancèrent des éclairs.

— Qu'essayez-vous de me faire comprendre ? Que vous n'avez fait que subir ? Que vous n'étiez pas consentante ? Je suis désolé, ma chère, mais je ne puis accepter cette version des faits. Cette nuit, vous étiez plus que consentante. En fait, c'est vous qui meniez le bal.

Le fait que ce fût la vérité décupla la rage de la jeune femme.

— Tout s'est parfaitement bien déroulé pour vous, n'est-ce pas ? Vous avez obtenu ce que vous désiriez sans avoir à fournir le moindre effort. Un autre exploit à afficher au tableau de chasse du grand Ryan Douglas ! J'imagine sans peine votre satisfaction amusée. Une proie si facile était inespérée !

A la grande surprise de Mickey, la colère de Ryan fondit comme neige au soleil, remplacée par une totale incrédulité.

— Mais de quelle planète venez-vous donc, Hanlon ? Aucun homme au monde, possédant ne serait-ce qu'un gramme de bon sens, ne pourrait imaginer que vous êtes une proie facile. Vous, une proie facile, laissez-moi rire !

En fait, Ryan Douglas n'avait jamais été aussi sérieux. Ses paroles auraient dû réconforter la jeune femme mais l'état de tension dans lequel elle se trouvait l'empêcha de les prendre en compte. Elle savait qu'elle était en train de l'accuser de sa folie à elle. Il ne connaissait pas ses faiblesses. Comment pouvait-elle le blâmer d'avoir saisi ce qui lui était offert ? Il lui fallait maintenant recouvrer un semblant de dignité. Tel un automate, elle s'empara de ses autres vêtements et, avec mille contorsions, se mit en devoir de s'habiller.

Son silence ne découragea pas son interlocuteur de poursuivre la discussion.

— Si vous n'êtes pas une femme facile, vous êtes en revanche une femme très dangereuse !

Ce fut au tour de Mickey de montrer sa stupéfaction.

— Dangereuse, moi ! s'exclama-t-elle.

— Plus dangereuse encore que vous ne pourrez jamais l'imaginer !

— C'est la chose la plus ridicule qu'il m'ait été donnée d'entendre !

— Comme vous vous connaissez mal ! murmura-t-il en commençant à rassembler ses vêtements.

Mickey détourna le regard de la poitrine puissante et bronzée de Ryan et se redressa si brusquement qu'elle se heurta le crâne au plafond bas de la carlingue. Etouffant un juron, la jeune femme enfila ses bottes et se dirigea vers la sortie. Il était temps d'échapper à l'atmosphère confinée de ce lieu un peu trop intime à son grè.

Ouvrant toute grande la porte, Mickey se trouva face à un de ces matins radieux qui justifient l'engouement des plaisanciers pour les îles de la Reine-Charlotte. L'air était vif et les dernières traînées de brume s'évaporaient rapidement. Elle remplissait ses poumons d'air frais quand la voix de Ryan résonna derrière elle.

— Qui a osé vous traiter de femme facile, Hanlon ?

Mickey sursauta violemment et se retourna. Ryan n'avait pas bougé mais l'observait à distance.

— Personne ! s'insurgea-t-elle.

Personne, si ce n'est elle-même, mais n'était-ce pas suffisant ?

— Je...

Ce qu'elle avait à dire resta inexprimé. Levant brusquement les yeux vers le ciel, d'où lui parvenait un bruit reconnaissable entre tous, elle lança :

— Un avion !

Vers le nord, en effet, un point noir grossissait.

— Sid vient nous chercher ! annonça-t-elle, triomphante.

— Ce cher vieux Sid ! commenta Ryan en s'approchant à son tour de la porte. Il arrive à point nommé, n'est-ce pas ?

Constatant avec soulagement qu'il avait pris le temps d'enfiler son jean, Mickey se garda bien de répondre. Sautant sur le sable, elle courut le long de la plage, faisant de grands signes de la main. Tandis que l'avion exécutait les manœuvres d'approche, la jeune femme se retourna. Ryan se tenait debout dans l'embrasure de la porte, le torse et les pieds nus, respirant la force, la puissance et la virilité. Mickey dut faire un terrible effort sur elle-même pour ne pas courir vers lui et se jeter dans ses bras, oubliant le reste du monde. Les démons qui l'habitaient s'étaient bel et bien réveillés. Dieu merci, le fidèle Sid venait à son secours et — pour l'instant tout au moins — elle était sauvée.

L'hydravion se posa en douceur et Mickey s'approchait pour se saisir du câble d'amarrage lorsque la porte s'ouvrit, livrant passage à un parfait inconnu. Celui-ci sauta promptement sur le sable et exécuta à la perfection les manœuvres nécessaires pour amener l'appareil jusqu'à elle. L'homme était jeune, avait les cheveux roux et portait des lunettes qui lui conféraient un air sérieux. Elle n'était pas revenue de sa surprise qu'une voix joyeuse l'interpellait :

— Mickey !

Le souffle coupé, la jeune femme vit alors Leah, le visage rayonnant, sauter à son tour de l'avion et se précipiter dans ses bras. Mickey serra d'un geste machinal sa sœur contre son cœur, prenant soudain conscience qu'elle avait complètement oublié les raisons qui l'avaient conduite jusqu'à cette île. Reprenant brutalement pied dans la réalité, elle examina le visage de Leah à la recherche du moindre signe d'inquiétude. Elle n'en décela aucun. Les traits de sa sœur reflétaient, au contraire, le bonheur le plus radieux.

— Leah ! Par le ciel, où étais-tu passée ? lui demanda-t-elle.

— Un peu partout et c'était merveilleux ! répondit Leah avec une grande spontanéité.

Puis, se tournant vers le jeune homme à lunettes, elle le tira par la main pour l'amener devant Mickey.

— Peter, je te présente ma sœur Mickey.

Cette dernière serra machinalement la main que lui tendait le jeune homme puis, se tournant vers Leah, murmura, étonnée :

— C'est lui, Peter !

L'homme était si loin de ressembler au play-boy qu'elle avait imaginé que Mickey éprouvait le besoin d'avoir la confirmation de son identité auprès de sa sœur. Cette dernière, d'ordinaire si réservée, débordait d'un enthousiasme qu'elle semblait avoir du mal à juguler.

— Oui, j'ai l'immense plaisir de te présenter Peter Douglas... mon mari !

Mickey en resta bouche bée alors qu'une voix derrière elle, s'exclamait, hostile :

— Votre quoi ?

Tous trois se retournèrent en même temps pour se retrouver face à Ryan Douglas qui s'était approché sans bruit. Il se tenait devant eux, les mains sur les hanches, ses yeux bleu nuit lançant des éclairs. Peter ne parut nullement impressionné.

— Hello, Ryan ! dit-il. Nous sommes accourus dès que Sophie nous a communiqué le message de Mickey.

Ryan parut un instant si déconcerté que Mickey ne put retenir un sourire. Ryan lui lança un regard assassin, mais avant qu'il ait pu prononcer un mot, Leah lui tendait la main, un sourire angélique aux lèvres.

— Ravie de vous rencontrer, monsieur Douglas. Peter m'a tellement parlé de vous que j'ai l'impression de vous connaître depuis toujours.

Par respect des convenances, Ryan se sentit obligé de serrer la main que lui tendait Leah mais ne se laissa pas pour autant circonvenir si facilement.

— Ainsi Mickey vous a fait parvenir un message !

Peter parut surpris.

— Tu l'ignorais ?

— Elle a omis de m'en informer mais je compte sur toi pour réparer cet oubli...

Peter s'éclaircit la voix, conscient de la soudaine tension que, bien malgré lui, il venait de provoquer.

— La sœur de Leah ignorait où nous nous trouvions. Seule Sophie était au courant. Sans ce message que Mickey lui a demandé de nous transmettre nous ne serions pas là. Quand j'ai appris ce qui était arrivé à Bobby, j'ai cru devenir fou. J'ai appelé la maison. Il semble qu'il ait une chance de s'en sortir...

102

Ryan poussa un soupir de soulagement.

— Voilà au moins une bonne nouvelle !

Puis, croisant les bras sur sa poitrine, il regarda son neveu avec sévérité.

— Je pense que tu me dois quelques explications, Peter ! A commencer par cette lettre...

Le jeune couple échangea un regard mais ce fut Leah qui prit l'initiative de répondre.

— Je comprends votre courroux, monsieur Douglas, mais sachez que nous ne nous sommes pas enfuis de gaieté de cœur. Peter se sentait d'ailleurs si coupable qu'il n'a pas résisté au désir de vous écrire, tout en sachant que cette lettre vous précipiterait à notre recherche.

— Quand il serait trop tard !

A la grande satisfaction de Mickey, Leah ne baissa pas les yeux. Elle releva au contraire le menton et affronta le regard de son interlocuteur.

— C'est exact. Vous vous seriez opposé à notre mariage, n'est-ce pas, monsieur Douglas ? Or Peter et moi ne sommes plus des enfants mais des adultes capables de prendre leurs propres décisions.

Peter surenchérit.

— C'est la vérité, Ryan. Je sais ce que tu as pu penser mais tout est différent maintenant. N'aie aucune crainte, le temps des folies est révolu. Je suis parfaitement sûr de ce que je veux : devenir le meilleur médecin qui soit, et vivre heureux avec Leah. Et ne pense pas non plus qu'elle m'a épousé pour mon argent, elle n'en a que faire.

Leah intervint de nouveau.

— Je comprends très bien votre inquiétude, monsieur Douglas, mais j'ai hérité pour ma part de plus d'argent que je ne pourrai jamais en dépenser. Mickey a dû vous en informer du reste.

Elle se tourna vers sa sœur, cherchant son soutien.

— Je l'ai fait mais il n'était pas prêt à se laisser convaincre, précisa aussitôt cette dernière. Qu'il me croit ou non me laisse d'ailleurs tout à fait indifférente. En revanche, ton attitude m'a beaucoup peinée, Leah. Pourquoi m'avoir caché l'existence de Peter ?

— J'aurais aimé te prendre pour confidente, Mickey, mais c'était impossible. J'aime Peter et tu ne crois pas à l'amour. Parce qu'un jour, dans un passé lointain, un homme t'a profondément blessée, tu aurais, aujourd'hui, tout fait pour me séparer de l'homme que j'aime. Je ne pouvais courir ce risque. C'est pourquoi nous avons pris l'avis de grand-mère Sophie. Elle nous a conseillé d'agir en adultes, en fonction de nous, et de nous seuls.

Peter entoura d'un bras protecteur les épaules de sa femme.

— Sophie avait raison. Nous nous sommes mariés et nous étions en train de passer la plus délicieuse des lunes de miel à naviguer autour des îles quand le message concernant Bobby nous est parvenu. Leah et moi avons entrepris les démarches nécessaires pour qu'elle soit transférée dans mon université. De cette manière, nous pourrons poursuivre ensemble nos études de médecine.

Mickey gardait les yeux rivés sur les jeunes époux, émue jusqu'au plus profond d'elle-même par leur bonheur évident. Leah avait, hélas, raison ! Consultée, Mickey aurait tout fait pour empêcher ce mariage, imposant à sa jeune sœur son opinion négative sur les hommes. Elle aurait eu tort. Peter était totalement différent de Jean-Luc. Il était amoureux, sensé, équilibré et, s'il avait commis des erreurs dans le passé, il avait su en tirer les leçons, ce qui lui avait permis de reconnaître les qualités de Leah. Nul n'avait besoin d'être extralucide pour deviner que ces jeunes gens seraient heureux ensemble. Ils étaient incontestablement faits l'un pour l'autre.

En observant le couple s'entretenir, complice, avec l'oncle de Peter, Mickey sentit les affres de la jalousie lui torturer le cœur. Incapable de continuer à les regarder et sachant que pour le moment son absence passerait inaperçue, elle en profita pour s'éloigner. Elle avait besoin de réfléchir et se mit à marcher le long de la plage jusqu'à ce

104

qu'un grand arbre abattu lui barre le chemin. Elle s'assit alors sur son tronc, et demeura sans bouger, le regard perdu vers l'horizon, les larmes au bord des paupières. Un bruit de pas sur le sable la fit se retourner. Leah se tenait derrière elle, le visage torturé.

— Je ne voulais pas te faire mal, Mickey! dit-elle, d'une voix où perçait une intense émotion. Mais avoue que je n'avais guère le choix.

Une grimace désabusée déforma, un instant, le visage de la jeune pilote.

— Je ne me suis pas montrée à la hauteur, n'est-ce pas? Tu t'es confiée à Sophie mais pas à moi. Je n'ai pas été la sœur que tu attendais?

— Oh, Mickey, ne crois pas cela, je t'en supplie! Tu as été, au contraire, la sœur la plus merveilleuse qui puisse exister mais tes jugements sans appel sur la gent masculine n'incitaient guère aux confidences. Tu as chassé les hommes de ta vie avec une telle détermination que j'ai eu peur que tu ne me conduises à faire la même chose.

— Oh, Leah...

Consternée par la justesse de ces propos, elle ne trouvait rien à répondre.

— Il faut que tu comprennes, Mickey, que tous les hommes ne se ressemblent pas. J'ai eu la chance de rencontrer Peter avec qui je me sens en parfaite harmonie et personne ne pourra jamais nous séparer. De son côté, Peter craignait de rencontrer la même opposition farouche à notre mariage de la part de son oncle. Peu de temps auparavant, ce dernier l'avait sauvé des griffes d'une aventurière qui en voulait à sa fortune. Que pouvions-nous faire sinon vous mettre tous deux devant le fait accompli? Aujourd'hui, je me rends compte combien notre décision était égoïste. Pourras-tu jamais me pardonner de t'avoir fait souffrir, je...

Les larmes aux yeux, Leah ne trouvait plus ses mots. Incapable de supporter plus longtemps le spectacle du désarroi sincère de sa sœur, Mickey se leva pour la prendre dans ses bras et la serrer contre son cœur.

— Tu as parfaitement le droit d'être heureuse avec l'homme de ton choix, ma chérie.

— J'espère de tout cœur qu'à ton tour tu trouveras bientôt l'homme de ta vie, Mickey. Quelqu'un comme Ryan, par exemple !

Mickey se figea. Leah se moquait d'elle ! Mais le visage de celle-ci n'avait jamais été aussi sérieux. Elle poursuivait :

— Papa n'est plus là, Mickey, et tu risques de te retrouver bien seule quand je serai partie.

La jeune femme éclata de rire.

— On ne se débarrasse pas de moi aussi facilement ! Il est fort probable que je viendrai chez toi et Peter si souvent que vous souhaiterez ne plus jamais me voir !

— Jamais cela n'arrivera ! protesta Leah avec véhémence et, d'un même élan, les deux sœurs tombèrent de nouveau dans les bras l'une de l'autre.

— Puis-je me joindre à vous ? demanda une voix derrière elles.

Mickey et Leah se retournèrent. Peter se tenait à quelques mètres, hésitant à s'approcher. Il gratifia sa belle-sœur d'un sourire si chaleureux que les dernières appréhensions de Mickey s'envolèrent. Elle s'approcha de lui et déposa un baiser sonore sur ses deux joues.

— Bienvenue dans la famille, Peter !

Peter lui rendit ses baisers et c'est main dans la main que le trio reprit joyeusement le chemin du retour.

Quand ils arrivèrent près de l'hydravion, ils trouvèrent Ryan et Sid penchés sur le moteur, les mains maculées d'huile. Une pensée soudaine traversa l'esprit de Mickey. Les fugitifs retrouvés, Donald Duck réparé, Ryan n'aurait bientôt plus aucune raison de rester. A l'idée de son départ imminent, ce fut comme si un abîme s'ouvrait sous les pieds de la jeune femme. Que lui arrivait-il ? Ce désespoir subit était parfaitement ridicule ! Son désir le plus cher n'était-il pas de le voir disparaître de son horizon le plus rapidement possible ? Dès l'instant où il avait franchi la porte de son bureau, il ne lui avait causé que des ennuis. Alors pourquoi, au lieu de se réjouir, éprouvait-elle cette impression de vide ? La réponse, hélas, n'était que trop évidente ! Dès qu'elle l'avait aperçu penché sur le moteur, les muscles de son dos saillant sous sa chemise, les souvenirs des événements de la nuit l'avaient assaillie. L'odeur de sa peau, les délices de ses caresses...

— Hanlon, auriez-vous l'extrême obligeance de vous rendre utile en essayant de faire redémarrer ce moteur ?

La voix moqueuse de Ryan interrompit le flot des images érotiques qui déferlait dans sa mémoire, la ramenant brutalement à la réalité.

— Comment ne pas accéder à une demande aussi galamment formulée ? répondit-elle d'une voix mielleuse.

Puis, passant devant lui pour se rendre dans le poste de pilotage, elle lança, perfide :

— Je fais une prière pour que ce maudit moteur redémarre. Vous ne pouvez savoir quel soulagement ce sera pour moi de vous voir enfin disparaître à l'horizon !

— Hum... je n'en suis pas certain. Je crois, au contraire, que je vais vous manquer !

— Comme m'a manqué l'appendice enflammé dont le chirurgien m'a délivrée lorsque j'étais petite !

Ryan éclata de rire et Mickey s'installa aux commandes. Après quelques essais infructueux, le moteur toussa deux ou trois fois puis se mit en route, tournant comme une horloge. Au lieu de manifester son enthousiasme, la jeune femme resta sans bouger, comme tétanisée.

— Eh, ne faites pas cette tête, Hanlon ! l'interpella Ryan, à travers la vitre du cockpit. Souriez, sinon je vais finir par croire que, contrairement à ce que vous affirmez, vous êtes désolée à l'idée que nous nous quittions bientôt. Quant à moi, je me demande ce qui va me manquer le plus : nos joutes verbales ou les délicieuses courbes de votre corps. La nuit dernière, elles s'ajustaient si parfaitement aux miennes...

Mickey le regarda, les yeux exorbités. Comment osait-il ? Non seulement Sid mais aussi Peter et Leah se trouvaient à

107

portée de voix. Le rouge de la honte embrasa ses joues et elle siffla entre ses dents :

— Vous pouvez remercier le ciel que nous ne soyons pas seuls. Je vous aurais tué pour ce que vous venez de dire...

Regardant honteusement alentour, Mickey rencontra d'abord le regard amusé de Leah puis celui, complice, de Peter. Elle n'osa regarder Ryan mais devina son sourire moqueur.

— Puisque tout semble être rentré dans l'ordre, proposa Sid, pragmatique, nous allons tous pouvoir retourner à la maison.

Mickey aurait volontiers embrassé le vieux mécanicien. Sa proposition lui convenait tout à fait mais elle ne sembla pas être du goût de Ryan.

— Ramenez les jeunes mariés à Prince Rupert, Sid, ordonna-t-il. J'ai, quant à moi, sérieusement besoin de faire un brin de toilette. Hanlon me reconduira...

Sid lança un regard en direction de Mickey cherchant son approbation. Que pouvait-elle faire ? Supplier Sid de rester pour la protéger n'aurait guère été raisonnable de la part de la patronne de la Hanlon Air Company.

— Tu peux rentrer, Sid, dit-elle. Nous ne tarderons pas à te rejoindre.

— Et surtout, réservez votre soirée ! lança alors Leah. Nous sommes tous invités chez Sophie ! Elle tient à se faire pardonner et...

Leah ne put continuer son discours, son mari la pressant de prendre place dans l'avion. Mickey agita la main jusqu'à ce que l'hydravion ne fût plus qu'un petit point noir à l'horizon puis se retourna. Ryan se tenait debout à côté d'elle, les mains sur les hanches, le regard accusateur.

— Ainsi vous connaissiez un moyen de faire passer un message aux fugitifs ! Pourquoi ne pas m'en avoir parlé ?

Mickey haussa les épaules.

— Parce que, malgré les apparences, grand-mère Sophie est une vieille dame fragile et que je ne pouvais supporter l'idée que vous vous précipitiez chez elle pour lui extorquer des renseignements. L'information que je lui ai transmise était suffisamment grave pour qu'elle fasse diligence. Je ne me suis pas trompée.

— En effet. Pourquoi alors m'avoir proposé de me conduire jusqu'aux fugitifs pour un quart de million de dollars, alors que vous saviez qu'ils s'apprêtaient à revenir d'eux-mêmes à Prince Rupert ?

Mickey se mordit la lèvre. Elle aurait préféré mourir plutôt que de lui avouer la vérité.

— Je n'ai pas pu m'en empêcher. Mon éternelle soif d'argent, sans doute...

Pour la première fois, Ryan sembla dubitatif.

— Pourquoi essayez-vous de vous construire un personnage aussi détestable, Hanlon ?

Préférant briser là plutôt qu'avoir à chercher des explications, Mickey se dirigea vers l'avion.

— Je vais vous chercher du savon, dit-elle.

Lorsque, quelques instants plus tard, elle revint vers lui, un savon et une serviette à la main, Ryan avait ôté sa chemise. A la vue de sa large poitrine dénudée, une onde de chaleur parcourut le corps de la jeune femme. Elle aurait voulu s'éloigner mais tandis que Ryan s'agenouillait sur le sable et s'aspergeait le torse d'eau glacée, elle resta là, immobile, les yeux fixés sur ce dos musclé qui la fascinait. Un désir insensé la submergeait. Pouvoir, ne serait-ce qu'une minute, poser ses main sur ce dos bronzé, le caresser...

— Qu'attendez-vous pour le faire, Hanlon ? murmura Ryan.

Mickey se raidit. Dieu du ciel, son désir était-il donc si visible qu'il n'avait eu aucun mal à le déceler ! Attirée comme par un aimant, la jeune femme plongea son regard au fond des yeux bleu nuit et y lut les mêmes réminiscences que celles qui la hantaient. Prise de panique, Mickey voulut s'enfuir mais rapide comme l'éclair, Ryan lui saisit la cheville. Emportée par son élan, la jeune femme tomba sur le sable. Une seconde plus tard, il la clouait sous lui, la recouvrant entièrement de son corps. Elle voulut le repousser mais à l'instant même où ses deux mains se posaient sur la poitrine nue, la jeune femme oublia ses bonnes résolutions. La peau était si souple, si chaude ! Les muscles tendus tressaillaient sous ses doigts.

Les lèvres de Ryan se posèrent sur les siennes et plus rien n'exista que ce baiser. Un baiser dont elle s'était privée depuis qu'elle avait ouvert les yeux ce matin mais qu'elle désirait plus que tout au monde. La même magie que la nuit précédente opérait. Mickey réagissait de tout son être à chacune des caresses des mains expertes qui parcouraient son corps. Elle ne voulait pas rester passive, rendant baiser pour baiser, caresse pour caresse. Elle voulait le toucher comme il la touchait, l'exciter comme il l'excitait, le posséder comme il la possédait, lui arrachant des gémissements de plaisir. Les mains de Ryan soulevèrent son pull-over et s'insinuèrent jusqu'aux pointes dressées de ses seins, commençant à les tourmenter. La brise fraîche sur sa peau brûlante agit alors sur Mickey comme un électrochoc. Reprenant brusquement conscience de ce qu'elle était en train de faire, de ce qu'elle était en train de permettre, dans un ultime sursaut de volonté et avec l'énergie du désespoir, elle s'arracha aux caresses de Ryan. Mais il ne l'entendait pas ainsi.

— Oh, non, Hanlon, vous ne pouvez pas me repousser ! protesta-t-il en lui emprisonnant les poignets et en la clouant de nouveau sous lui.

— Je vous en prie, supplia-t-elle, ne me forcez pas à faire ce que je n'ai pas envie de faire !

— Vous forcer ! Vous êtes consentante, comme vous l'étiez la nuit dernière, avouez-le.

— La nuit dernière était une erreur qui ne doit plus jamais se renouveler ! Laissez-moi partir, je vous en supplie !

Des larmes perlaient au bord de ses paupières. A leur vue, Ryan poussa un gémissement désespéré et, la libérant de son emprise, se rejeta en arrière, sur le dos. Il resta de longues minutes sans parler, les yeux perdus dans le bleu du ciel puis il murmura :

— C'est... c'est à cause de Jack, n'est-ce pas ?

La perche qu'il lui tendait involontairement était trop belle pour ne pas la saisir.

— Je ne peux risquer de le perdre pour un moment de plaisir passé en votre compagnie, aussi agréable soit-il !

Elle venait sans doute de trouver les mots qu'il fallait car il se leva d'un bond.

— Partons avant que je ne me laisse aller à commettre un acte regrettable ! lança-t-il, les mâchoires serrées. Pour l'amour du ciel, Hanlon, cessez de jouer à ce jeu pervers ! Je ne suis pas un saint et, la prochaine fois, il se pourrait que je ne sois pas en mesure de contrôler mes pulsions.

Rouge de confusion, Mickey souhaita que la terre s'ouvre sous ses pieds et l'engloutisse à jamais.

— Il n'y aura pas de prochaine fois ! dit-elle alors, s'efforçant de placer dans sa voix une conviction qu'elle était loin d'éprouver.

Puis, elle se leva à son tour et, les jambes encore chancelantes, se dirigea vers l'avion. Quelques secondes plus tard, Ryan la rejoignait et, sans un mot, s'installait sur le siège du passager. Comme pour se faire pardonner ses caprices précédents, Donald Duck démarra dès la première sollicitation du moteur et fit un décollage impeccable.

Ils n'étaient plus qu'à un quart d'heure de vol de Prince Rupert quand Ryan se décida à briser le silence contraint qui régnait dans le cockpit depuis le départ.

— Votre fiancé est-il au courant de cette aventure que vous avez eu dans le passé ?

Surprise, Mickey répondit sans même prendre le temps de réfléchir.

— Jack est au courant de tout !

— Vous allez l'informer de ce qui s'est passé entre nous, cette nuit ?

Que voulait-il ? Pourquoi la tourmentait-il ainsi ?

— Ce qui s'est passé entre nous, cette nuit, ne mérite pas qu'on lui accorde une telle importance.

— En êtes-vous si sûre ? Jack n'est pas du genre à pardonner, n'est-ce pas ?

— Jack est quelqu'un de merveilleux, répondit-elle, consciente de l'absurdité qu'il y avait à défendre un personnage imaginaire.

Le sourire de Ryan se fit moqueur.

— S'il est si merveilleux, que fais-je dans votre vie ? Sa sensualité laisse-t-elle à désirer ?

Mickey serra les dents.

— Je n'ai pas à discuter avec vous de mes relations avec Jack. Cela ne vous regarde pas !

— Ne l'épousez pas, Hanlon, vous ne le rendrez pas heureux et il est clair qu'il ne pourra jamais vous satisfaire...

— Je n'ai que faire de vos conseils !

— Je vous ai sentie vibrer dans mes bras. Vous fait-il le même effet ?

— De quoi parlez-vous ? Je vous déteste, je vous hais !

Répondant à un geste désordonné de son pilote, Donald Duck plongea du nez vers la mer.

— O. K., Hanlon, nous reprendrons cette conversation à l'arrivée !

Mickey ramena le nez de Donald Duck dans la bonne direction et se mura dans un silence hostile jusqu'à ce qu'elle ait posé en douceur l'hydravion près de son point d'attache. Le moteur venait à peine de s'arrêter que Sid, manifestement soulagé de les voir de retour, se précipitait pour exécuter les manœuvres d'amarrage laissant ainsi à sa patronne le temps de prendre congé de son client.

— Dois-je envoyer la facture à votre bureau ? demanda Mickey afin de se donner une contenance.

Ryan se tourna vers elle et la gratifia d'un de ces sourires irrésistibles dont il avait le secret.

— Pourquoi tant de formalisme ? Nos deux familles sont liées maintenant, Hanlon ! Nous allons avoir l'occasion de nous rencontrer très souvent.

Il semblait si détendu que Mickey sourit à son tour.

— Vous viendrez chez Sophie, ce soir ?

— Je ne voudrais manquer cela pour rien au monde !

Comme la jeune femme se levait pour quitter l'avion, il la retint par la main.

— Pas si vite, Hanlon ! Il reste un dernier détail à régler.

Sans qu'elle ait pu prévoir son geste, il l'attira contre lui et s'empara avec fièvre de ses lèvres. Ce fut comme si une digue brusquement se brisait. Le torrent tumultueux de la passion trop longtemps contenue submergea la jeune femme qui répondit avec passion à son baiser de feu. Tout son corps tremblait, se tendait, exigeait les caresses les plus folles. Les mains de Ryan se glissèrent sous son pull-over et ses doigts trouvèrent les pointes durcies de ses seins. Alors qu'ivre de désir, elle jetait ses bras autour de son cou, Ryan la repoussa. Les yeux dilatés, la respiration saccadée, Mickey chercha le regard bleu nuit, mais elle ne rencontra qu'un visage fermé et indéchiffrable.

— Tout bien réfléchi, dit-il, je ne pense pas me rendre au dîner, ce soir. Je compte sur vous pour me trouver une excuse auprès de Sophie. Au revoir, Hanlon ! Vous rencontrer a été une expérience des plus instructives.

Avant même qu'elle put faire le moindre geste pour le retenir, il ouvrait la porte, sautait sur le quai et disparaissait sans un regard en arrière.

113

8.

Une semaine venait de s'écouler depuis cette séparation de sinistre mémoire quand, un soir, en rentrant du travail, Mickey découvrit une lettre de sa mère, perdue au milieu des prospectus publicitaires abandonnés sur la table du petit déjeuner le matin même. Une lettre de Tanita ! Si elle lui demandait des nouvelles de son fiancé, elle se mettrait à hurler ! La jeune femme, qui avait eu l'intention de se préparer un repas, manquait soudain d'appétit. Cela lui arrivait très souvent depuis le départ de Ryan. S'étant résolue à se préparer du thé avant de lire la lettre, elle dut s'y reprendre à deux fois pour verser le liquide dans la tasse, tellement sa main tremblait. Comment aurait-il pu en être autrement ? Depuis son retour des îles Brumeuses, elle ne dormait plus, ne mangeait plus et la moindre contrariété agissait sur ses nerfs à vif.

La vie à la Hanlon Air Company, autrefois si sereine, devenait un enfer. Même Sid le flegmatique menaçait de démissionner. Ce matin encore, il avait répété :

— Je ne veux plus te voir dans cet état, Mickey ! Appelle Ryan. De toute évidence, il te manque et tu dois le lui dire ! Si tu laisses ce type disparaître de ta vie, tu vas le regretter.

Elle le regrettait déjà. Elle le regrettait depuis la minute même où il avait disparu sans qu'elle fît un geste pour le retenir. Mais que penserait-il si elle l'appelait aujourd'hui et lui avouait rester éveillée des nuits entières, à ressasser indéfiniment les souvenirs des moments passés dans ses bras ? Jamais elle ne pourrait se résoudre à cette indignité.

Dieu du ciel, combien de temps encore pourrait-elle supporter cette souffrance qui lui griffait le cœur ? Les souvenirs de Ryan, de ses baisers, de ses caresses, hantaient son esprit jusqu'à l'obsession, l'empêchant de dormir et même de se nourrir. Mais céder à sa passion serait plus dangereux encore. L'exemple de Tanita, de sa quête incessante, de ses appétits jamais rassasiés lui donnait la nausée.

Que pouvait comprendre à cela le brave et bon Sid, lui qui ne voulait que son bien ? Dans sa grande naïveté, le vieux mécanicien imaginait sans doute que le grand Ryan Douglas ne demandait qu'à épouser sa « patronne » alors que Mickey savait n'être pour le célèbre photographe, qu'un flirt sans importance, une histoire sans lendemain... comme elle l'avait été autrefois pour Jean-luc.

Elle ne l'avait pas revu depuis ce fameux matin. Il n'était pas apparu le soir au dîner offert par Sophie et bien que personne n'eût songé à l'en blâmer, la jeune femme s'était sentie responsable de son absence. Par son attitude, elle avait privé tout le monde de la compagnie de Ryan alors qu'il devait repartir dés le lendemain matin avec Peter. Jamais soirée ne lui parut plus détestable et, sur le chemin du retour, elle avait inconsciemment fait un grand détour pour passer devant son hôtel. A longueur de journée, Mickey ne cessait de se répéter qu'elle était heureuse qu'il ait enfin disparu de sa vie mais, en réalité, depuis son départ, elle se sentait perpétuellement engourdie.

Ajoutant trois sucres dans sa tasse de thé qui en contenait déjà deux, la jeune femme se décida enfin à ouvrir l'enveloppe. Une carte s'en échappa et, une seconde plus tard, Mickey, sidérée, se retrouva avec un faire-part de mariage entre les mains. Après toutes ces années, Tanita l'incorrigible, prenait un nouvel époux. Mais le pire restait à venir. Un mot accompagnait l'invitation :

« Mickey chérie, je t'attends avec ton fiancé. Le moment est venu pour moi de le rencontrer et pour vous de vous marier. Deux années me semblent un temps de réflexion suffisant. Cette fois, je n'accepterai aucune excuse ! Si tu ne viens pas, j'en déduirai que tu as honte de moi. Aussi, je vous attends tous deux pour le 18. »

Mickey se trouvait prise à son propre piège. Jusqu'à ce jour, elle avait toujours réussi à trouver une excuse pour esquiver les invitations de Tanita, mais elle ne pourrait échapper à celle-ci. Il ne lui restait qu'à se rendre au mariage et à avouer qu'elle n'avait pas de fiancé, qu'elle n'en avait jamais eu.

Dix jours plus tard, Mickey montait à bord de l'avion qui devait la conduire vers Nice où l'attendait Tanita. Elle se sentait au bord de l'épuisement. Non seulement elle avait dû se préparer pour ce voyage mais avait également aidé Leah à préparer son déménagement pour l'université de Peter. Pour corser le tout, sa sœur avait beaucoup insisté pour qu'elle l'accompagne dans les magasins et renouvelle sa garde-robe. Mickey se trouvait désormais à la tête d'un assortiment de vêtements fort différents de ceux dont elle aimait s'affubler.

Elle portait pour l'occasion un tailleur bleu roi coupé dans un tissu infroissable et dont la vendeuse lui avait affirmé qu'il serait parfait pour le voyage. Mickey devait reconnaître qu'il était confortable et sa coupe parfaite. Elle aurait préféré porter un pantalon qui aurait sans doute moins souligné les courbes de sa silhouette mais elle espérait que Tanita, qui venait l'attendre à l'aéroport, apprécierait son effort d'élégance.

Le vol, interminable, comportait de nombreuses escales et, à celle de Toronto, Mickey avait perdu depuis longtemps tout intérêt pour le va-et-vient des passagers. Plongée dans la lecture d'un magazine, elle ne quitta pas son siège et ne releva même pas la tête lorsque quelqu'un prit place à son côté. Du coin de l'œil, elle aperçut toutefois un pantalon d'homme et cela suffit pour que, d'instinct, elle s'éloigne de lui, faisant sans le vouloir remonter la jupe de son tailleur sur ses cuisses.

— Ainsi, je ne m'étais pas trompé, vous avez des jambes et qui plus est, comme je le supposais, elles sont superbes ! déclara une voix moqueuse.

Le magazine tomba des mains de la jeune femme.

— Ryan !

Elle tourna la tête vers son voisin. Ryan Douglas était assis, souriant et décontracté sur le siège à côté d'elle. Un sentiment fait à la fois d'incrédulité et de bonheur ineffable la submergea.

— Que... que faites-vous ici ?

— Il me semble vous avoir informée que je comptais me rendre en Europe pour mon travail.

— Oh, c'est exact... en Grèce, pour un reportage sur des fouilles archéologiques.

Qu'avait-elle imaginé ? Qu'il se trouvait là pour elle ?

— Je suis heureux de voir que vous n'avez pas tout oublié de nos intéressantes conversations ! Sur le chemin, je ferai toutefois escale à Nice, sur la Côte d'Azur. Et vous, quelle est votre destination ?

Encore en état de choc, elle n'avait aucune chance de parvenir à trouver un mensonge.

— Nice. Je vais assister au mariage de ma mère, répondit-elle amèrement.

— Votre mère se remarie !

Mickey haussa les épaules, fataliste.

— Oui.

Devant son manque d'enthousiasme, Ryan demanda :

— Que se passe-t-il, Hanlon ? Vous n'aimez pas votre futur beau-père ?

— Comment pourrais-je le savoir ? J'ignore qui il est. Je suppose qu'il est sympathique comme l'étaient tous les autres.

117

— Tous les autres ! Ce n'est donc pas son second mariage ?

— Ni son deuxième, ni son troisième ! Disons que ma mère est... une incorrigible romantique pour qui l'espoir triomphe toujours de l'expérience. A chaque nouveau mariage, elle est convaincue d'avoir enfin trouvé l'homme de sa vie.

— Vous ne l'approuvez pas

Mickey poussa un soupir désabusé.

— Si elle est heureuse ainsi...

— Vous ne pensez pas qu'elle le soit !

— Au début, elle l'est indubitablement. Hélas, cela ne dure jamais très longtemps !

— Elle a, au moins, le mérite d'essayer de croire au bonheur.

Mickey se figea. La conversation prenait un tour qui lui déplaisait. Mais ce n'était rien par rapport à ce qui allait suivre. Ryan s'empara brusquement de sa main gauche vierge de toute bague et demanda.

— Vous n'êtes toujours pas mariée ?

— Non, simplement fiancée.

— Oh, oui... avec Jack ! Vous êtes fiancée avec lui depuis deux ans, n'est-ce pas ?

— Oui, et alors ?

— Alors comment expliquez-vous que ni Sophie ni Leah ne soient au courant de ces fiançailles ?

D'un geste brusque, Mickey libéra sa main qu'elle cacha derrière son dos.

— Vous... vous leur avez parlé de Jack ? balbutia-t-elle, effarée.

— Bien entendu. Quelle n'a pas été ma surprise de constater qu'elles ignoraient jusqu'à son existence ! Vous m'avez menti, n'est-ce pas, Hanlon ? Vous vous êtes inventé un fiancé pour me tenir à distance ?

— Il semble que j'ai échoué...

Comme Mickey, épuisée, se carrait sur son siège, Ryan tenta de lui reprendre la main.

— Hanlon, laissez-vous un peu aller !

— Ne me touchez pas ! Ce n'est pas parce que j'ai couché avec vous que...

— Ne soyez pas vulgaire, cela ne vous va pas du tout ! Il n'y avait aucune vulgarité dans la manière dont nous avons fait l'amour, cette nuit-là.

— Ni rien de très spécial non plus !

— Mes souvenirs sont tout autres. J'ai vécu, pour ma part, un moment d'une grande intensité.

Puis détaillant sa tenue vestimentaire, il ajouta, admiratif :

— Cet ensemble vous va à ravir. Je ne comprends toujours pas pourquoi vous preniez tant de peine pour cacher ce corps superbe...

— Pour éviter, justement, de provoquer ce type de compliments dont je n'ai que faire !

Une lueur amusée dansa au fond des yeux bleu nuit.

— Que vous le vouliez ou non, votre corps attirera toujours le regard des hommes, Hanlon, et cela quels que soient les vêtements que vous portiez.

Mickey dut faire un terrible effort sur elle-même pour ne pas se boucher les oreilles. Ce corps superbe ne lui avait-il pas apporté que des déboires dans le passé ? Qu'avait dit Jean-Luc ? « Tu es terriblement sexy et excitante, mais... » Mais il était resté vivre auprès de la femme qu'il aimait.

— Vous ne me laisserez donc jamais en paix ? soupira la jeune femme au comble de l'exaspération. J'aurais dû exiger que l'on me change de place dès que vous vous êtes installé près de moi.

Ryan s'intalla confortablement sur son siège et, appuyant sa tête contre le dossier, ferma les yeux.

— Changez de place si vous voulez, Hanlon, je refuse de me quereller avec vous. Comme toujours vous déployez des efforts insensés pour me mettre en colère mais, aujourd'hui, vous ne réussirez pas. En fait, je me sens si bien et je vous trouve si appétissante, que je me demande si je ne vais pas tout simplement vous demander en mariage. Qu'en pensez-vous ?

Il n'avait pas le droit ! Pas le droit de se moquer d'elle, pas le droit de tourner ce sujet en dérision, pas le droit de...

— Franchement ça ne m'amuse pas ! Je suis la dernière personne dont vous pourriez tomber amoureux et nous le savons tous les deux.

— On a déjà vu des choses plus étranges se produire...

— Ce ne serait pas seulement étrange mais totalement insensé !

— Sur ce point, il est vrai que je n'ai aucune envie d'argumenter.

Comme si la discussion était close, il referma les yeux et quelques minutes plus tard, sa respiration régulière indiquait qu'il s'était endormi.

Mickey détourna son regard vers le hublot. Pourquoi les dieux étaient-ils contre elle ? Pourquoi avait-il fallu que le hasard de ce voyage la mettre de nouveau en présence de Ryan Douglas ? Elle qui cherchait désespérément à l'oublier, voilà qu'elle se retrouvait de nouveau assise à côté de lui dans l'exiguïté d'une carlingue d'avion.

Quelques instants plus tard cependant, comme attiré par un aimant, son regard se posait de nouveau sur le visage de son compagnon de voyage. Mickey éprouva alors un choc. Malgré la détente que procure le sommeil, les traits de son visage accusaient une grande fatigue. Avait-il, tout comme elle, été la proie de nombreuses insomnies ? Pourtant, à peine installé à côté d'elle, il s'était endormi comme s'il venait enfin de trouver le repos.

Seigneur, voilà qu'elle recommençait à rêver, à imaginer que sa seule présence avait pu apaiser chez lui on ne sait quel tourment ! Il n'en était rien. Fatigué, il s'était laissé bercer par le ronronnement des moteurs, tout simplement ! Mais, alors qu'elle fermait à son tour les yeux, la pensée qu'elle était pour quelque chose dans ce sommeil retrouvé perdura et amena un sourire sur ses lèvres.

Ce n'est que bien plus tard que Mickey rouvrit les yeux. Les contours d'une mâchoire masculine apparurent d'abord dans son champ de vision. Puis, comme ses autres facultés s'éveillaient à leur tour, elle respira l'odeur d'une eau de toilette aux senteurs épicées. Un parfum qu'elle aurait reconnu entre mille. Cela suffit à l'éveiller tout à fait. Elle s'était endormie sur l'épaule de Ryan ! Déroutée, elle voulut se relever mais heurta violemment le menton de son compagnon dont la tête reposait contre ses cheveux. Sans qu'ils en aient conscience, dans leur sommeil, ils s'étaient rapprochés l'un de l'autre jusqu'à cette tendre intimité qui la bouleversait jusqu'au plus profond d'elle-même. La jeune femme leva les yeux et rencontra le regard de Ryan encore embué de sommeil.

— Je vous ai fait mal, demanda Mickey, rouge de confusion.

Ryan frotta son menton endolori.

— Très mal ! La seule façon de vous faire pardonner est de me donner un baiser.

Avant qu'elle pût émettre la moindre protestation, il se pencha vers elle et déposa sur ses lèvres un baiser si chaste et si doux que Mickey ferma les yeux, savourant chaque seconde de cet instant magique. Quelques secondes plus tard, Ryan releva la tête.

— Hum, délicieux... murmura-t-il.

Puis laissant courir son doigt sur les lèvres qu'il venait de quitter, il ajouta :

— Je pourrais y prendre goût !

Mickey rouvrit les yeux et prise de panique, recula, essayant de mettre la plus grande distance possible entre eux.

— Je doute cependant que l'on m'en donne jamais la possibilité ! marmonna-t-il, amer, en réajustant sa cravate.

Dieu qu'il est séduisant ! pensa la jeune femme, son cœur battant la chamade. Elle avait toujours apprécié ses vêtements décontractés mais le costume qu'il avait endossé pour l'occasion lui conférait une élégance et une distinction supplémentaires. Soudain, elle se sentit fière d'être à son côté, même si une petite voix lui soufflait que ce sentiment de possessivité était parfaitement déplacé.

— Que se passe-t-il, Hanlon? Pourquoi me regardez-vous ainsi?

Mickey sursauta, comme prise en faute. Elle pria le ciel pour qu'il n'ait pas surpris l'admiration dans son regard.

— Pour rien. Je me disais que c'est la première fois que je vous vois porter un costume.

— Et alors? Qu'en pensez-vous?

— Pas mal... répondit-elle, et pour couper court à toute conversation, elle se leva de son siège.

— Nous n'allons pas tarder à atterrir. Je vais aller me rafraîchir avant que tous les passagers aient la même idée.

Ryan aurait dû se lever pour la laisser passer. Il n'en fit rien. Il s'ingénia au contraire à rendre le passage difficile, de sorte que la jeune femme dut se frotter à lui plus qu'il n'était nécessaire. Pour se venger, elle lui marcha sur le pied. Elle portait des escarpins aux talons effilés et Ryan laissa échapper un gémissement de douleur. Satisfaite, Mickey se dirigea d'un pas alerte vers les toilettes.

Le miroir lui renvoya l'image d'un visage aux pommettes rosies et aux yeux brillants. Mickey s'aspergea d'eau froide afin de reprendre ses esprits. Les mains crispées sur le rebord du lavabo, la jeune femme maudit une fois de plus cette coïncidence qui avait placé Ryan dans le même avion qu'elle. Quand cesserait-elle d'être confrontée à la tentation, avec un grand T?

« Tes défenses faiblissent, la nargua son image dans le miroir. Chaque minute passée en sa compagnie ouvre une nouvelle brèche. Il est heureux que l'avion arrive enfin à destination. Il partira alors de son côté et toi du tien et vos chemins se sépareront à jamais. C'est bien ce que tu veux, n'est-ce pas? Alors pourquoi te sens-tu si désolée? »

Mickey détourna lâchement son regard du miroir pour ne pas avoir à répondre à la question. Cette conversation avec elle-même ne l'incitait pas à retourner à sa place, aussi prolongea-t-elle son absence, redoutant d'affronter de nouveau les sarcasmes de son compagnon. Lorsqu'elle se résolut enfin à retrouver son siège, Ryan avait disparu. Lorsqu'il revint, l'avion commençait les manœuvres d'approche laissant peu d'opportunité à la conversation. Bientôt les roues de l'immense appareil touchèrent le sol et chaque passager dut se soumettre aux habituelles formalités de débarquement, de contrôle des passeports et de douane. Mickey perdit Ryan dans la foule et elle en fut soulagée. Elle n'avait aucun désir qu'il rencontre sa mère.

Son soulagement fut, hélas, de courte durée! Alors qu'elle se dirigeait vers le hall d'arrivée, il la rejoignit.

— Je suis attendue, l'informa-t-elle aussitôt. Vous n'êtes pas obligé de m'accompagner.

— Personne ne m'a jamais obligé à faire ce que je n'ai pas envie de faire.

Mickey allongea le pas, cherchant des yeux Tanita dans la foule. La jeune femme pouvait être certaine que leurs retrouvailles ne se feraient pas dans la discrétion. Tanita Amory ne se déplaçait jamais sans une nuée de photographes autour d'elle.

— Michaela!

L'exclamation venait de fuser et la foule s'écarta aussitôt comme les eaux de la mer Rouge devant Moïse. Mickey eut à peine le temps de poser sa valise à terre qu'elle se trouvait dans les bras de sa mère, enveloppée d'un nuage de Chanel Nº 5.

— Quelle joie de te revoir, ma chérie! s'exclama Tanita en pressant sa fille contre son cœur. Comment as-tu pu rester si longtemps loin de moi? Tu m'as tellement manqué!

L'émotion sincère de Tanita émut Mickey qui serra à son tour sa mère contre elle.

— Oh, maman, tu m'as manqué, toi aussi! murmura-t-elle les yeux brouillés de larmes, oubliant la foule qui les entourait mais consciente que des yeux bleu nuit, dans son dos, suivaient chacun de ses mouvements.

Tanita se dégagea des bras de sa fille et virevolta devant elle.

— Comment me trouves-tu?

Tanita était resplendissante comme toujours et n'avait pas

123

pris une ride. Les séjours de plus en plus prolongés dans cette clinique spécialisée en cures de rajeunissement et lifting en tout genre faisaient décidément merveille.

— Tu es splendide, maman, plus jeune que jamais !

Les yeux de la star brillèrent de plaisir puis se posèrent sur Ryan Douglas et elle oublia sa fille. De toute évidence, la stature imposante, les larges épaules et l'élégance du photographe venaient de lui faire une forte impression. Voir sa mère lancer un sourire ravageur à un homme n'avait rien de nouveau pour Mickey. Elle avait assisté à des scènes semblables des milliers de fois dans le passé mais, cette fois, les choses étaient différentes.

« Ne touche pas à cet homme, il est à moi ! » eut-elle envie de hurler et, instinctivement, elle se rapprocha de Ryan. Tanita qui n'avait plus d'yeux que pour lui ne remarqua même pas sa réaction.

— J'espère que vous voudrez bien m'excuser de ne pas vous avoir salué en premier, minauda-t-elle. Le bonheur de retrouver ma fille après une si longue séparation me fait oublier les bonnes manières !

Puis, comme si elle ne pouvait attendre plus longtemps, elle lui ouvrit les bras.

— Car vous êtes Jack, son fiancé, n'est-ce pas ! Je suis si heureuse de vous connaître enfin.

Mickey crut que la terre s'ouvrait sous ses pieds. Jamais, dans les pires de ses cauchemars, elle n'aurait imaginé scénario plus catastrophique. Alors qu'elle s'apprêtait à détromper Tanita, Ryan la prit de vitesse.

— Ravi de vous rencontrer, madame Amory ! Je vous en prie, appelez-moi Ryan. J'ai toujours préféré ce prénom à celui de Jack.

— Ryan ! répéta la star, en fronçant les sourcils. Vous avez raison, ce prénom vous convient beaucoup mieux. Je vous appellerai donc ainsi. A votre tour, faites-moi le plaisir de m'appeler Tanita.

Dévorant son futur gendre de son regard de braise, elle ajouta :

124

— Je comprends enfin pourquoi ma fille hésitait à me présenter son fiancé! Vous êtes terriblement séduisant!

Mickey bouillait de rage impuissante. Alors qu'il était encore temps de révéler la supercherie, ce furent d'autres mot qui franchirent ses lèvres.

— Serais-tu en train de flirter avec Ryan, maman?

Tanita éclata d'un rire cristallin.

— Ne t'inquète pas ma chérie, je n'ai nulle intention de te voler ton fiancé car je suis amoureuse...

Mickey cherchait justement du regard le nouveau compagnon de sa mère mais ne découvrait, dans son sillage, que le visage bien connu de son chauffeur.

— Ton fiancé ne t'accompagne pas? s'enquit-elle, étonnée.

— Mitchell a été retenu par un appel téléphonique important mais vous le verrez plus tard.

— Mitchell! s'exclama Mickey, au comble de la stupéfaction. Il ne peut s'agir de... de Mitchell Andrews!

Mickey connaissait depuis toujours Mitchell Andrews, l'agent de Tanita, l'ami, le confident, celui qui était toujours là quand il le fallait. Mitchell était certainement l'être le plus adorable qui soit mais il devait approcher la soixantaine et perdre ses cheveux. Tanita ne pouvait être amoureuse de lui!

Pour la première fois de sa vie, Tanita parut embarrassée.

— Je comprends ton étonnement, ma chérie, répondit-elle. Je connais Mitchell depuis si longtemps! En fait, il a toujours été à mes côtés à chacun de mes mariages désastreux, mais ce n'est que dernièrement que j'ai pris conscience qu'il représentait pour moi tout ce que j'ai vainement recherché chez les autres hommes sans jamais le trouver: la force, la sécurité, l'équilibre. Je l'aime, Mickey...

Cette dernière n'osait croire ce qu'elle entendait. Ce serait si merveilleux, si... Mitchell avait toujours été pour Mickey une sorte de tuteur, celui qui la consolait lorsque, petite fille, elle avait de gros chagrins, celui qui au moment de sa terrible déception lui avait apporté son soutien moral, persuadant Tanita de la laisser partir. Se pouvait-il que Tanita l'écervelée soit devenue raisonnable ?

Percevant le doute dans les yeux de sa fille, la star comprit qu'elle lui devait quelques explications.

— Tu vas avoir du mal à le croire, ma chérie, mais cette histoire n'a rien à voir avec les autres. Je me sens tellement en sécurité avec Mitchell. Nous savons tout l'un de l'autre. Je l'aime vraiment de tout mon cœur mais je ne m'en étais pas rendu compte jusqu'au jour où, à la suite d'une querelle mémorable, il a menacé de me quitter. J'ai brusquement compris que la vie sans lui serait un enfer. Il m'était devenu aussi indispensable que l'air que je respirais. Désespérée, je lui ai avoué ce que j'éprouvais et tu ne peux savoir la joie que j'ai ressentie quand il m'a répondu qu'il partageait ces sentiments depuis toujours !

Bouleversée, Mickey ne quittait pas des yeux le visage de sa mère. Jamais elle ne l'avait vue aussi heureuse, aussi rayonnante. Ce pouvait-il que, cette fois-ci le miracle ait finalement eu lieu ? Mitchell était incontestablement différent des conquêtes habituelles de Tanita. C'était un homme mûr alors que tous les précédents qu'elle avait élus avaient tendance à être d'autant plus jeunes qu'elle-même avançait en âge. Peut-être cette maturité avait-elle fait la différence ?

— Rentrons à la maison, maman ! dit la jeune femme en serrant de nouveau sa mère contre son cœur. J'ai hâte de saluer mon futur beau-père.

Tanita lui rendit son baiser avec chaleur mais elle se tourna aussitôt vers Ryan

— J'espère que vous voudrez bien me servir d'escorte jusqu'à la voiture, dit-elle en se pendant à son bras.

— Qui ne serait flatté de servir d'escorte à la belle Tanita Amory ? répondit Ryan tout sourires.

Ulcérée, Mickey se tenait en retrait mais Ryan, passant son autre bras autour de sa taille, l'obligea à les suivre et à marcher à côté d'eux.

Toute à son bonheur, Tanita poursuivait, volubile :

— Mitchell est très impatient de rencontrer le fiancé de

126

Mickey pour laquelle il éprouve la plus grande affection. J'avais imaginé faire célébrer nos deux mariages le même jour mais il me l'a déconseillé. Un pareil événement ne peut se partager, il est vrai. Mais promettez-moi, Ryan, d'épouser ma fille avant de repartir. Deux ans de fiançailles, c'est bien assez !

— Maman, s'exclama Mickey, horrifiée, je...

Ryan l'interrompit avec promptitude.

— C'est une très bonne idée, Tanita. Je pense que votre fille n'est pas persuadée, comme vous l'êtes, des bienfaits du mariage mais avec votre aide, je ne désespère pas de la convaincre.

Mickey étouffait de rage impuissante. Elle ne pouvait provoquer un scandale en public mais il ne perdait rien pour attendre.

Le trio atteignit bientôt la voiture, suivi du chauffeur qui portait les bagages. Ryan ouvrit la portière et s'effaça pour permettre à Tanita de prendre place. Tandis que sa mère s'installait, Mickey lança à voix basse, les mâchoires serrées :

— J'espère que vous savez ce que vous faites ! Cette histoire de fiancé est ridicule !

— Ce n'est pas moi qui l'ai inventée ! rétorqua-t-il en la poussant à l'intérieur du véhicule. Et dépêchez-vous ou votre mère va avoir des doutes...

Il ne tarda pas à la rejoindre et, bien que la banquette arrière offrit tout l'espace nécessaire, il choisit délibérément de s'asseoir tout près elle. Elle perçut la chaleur de sa jambe contre la sienne. D'instinct, elle se recula mais d'un geste possessif il s'empara de sa main et, ses doigts enroulés autour des siens, la garda prisonnière. La présence de Tanita contraignit Mickey au silence. La tournure que prenait cette visite à sa mère la prenait de court et le contrôle de la situation était en train de lui échapper totalement. Elle se laissa aller contre le dossier, se demandant quelles autres surprises l'attendaient encore dans les heures à venir.

9

Tout au long du trajet, Tanita mena la conversation tambour battant sans se préoccuper des réponses de ses interlocuteurs. Alors qu'ils approchaient de la somptueuse villa d'Antibes, Mickey sentit une intense émotion la gagner. Elle ferma son esprit au bavardage incessant de sa mère et reporta toute son attention sur la maison. Eclairée par les rayons du soleil couchant, celle-ci semblait tout droit sortie d'un conte de fées. Elle avait été le décor de sa vie pendant de longues années. Des années qui lui paraissaient soudain si lointaines, si irréelles... Sa vie était désormais en Colombie-Britannique à piloter ses chers avions.

A sa grande surprise, son émotion ne passa pas inaperçue, tout au moins auprès d'un des occupants de la voiture. Au moment où ils franchissaient les grilles, Ryan pressa doucement la main qu'il tenait dans la sienne. Jamais Mickey n'aurait imaginé qu'un geste aussi simple pût apporter autant de réconfort. Il lui sembla tout à coup que, la main dans celle de Ryan, elle pourrait aller jusqu'au bout du monde en toute sécurité.

« Tout cela ne peut être réel, je vais me réveiller ! » pensa alors la jeune femme. Que Ryan Douglas, entre tous, ait pu percevoir sa détresse, qu'il ait éprouvé le désir de la réconforter, la troublait. Elle le comprenait quand ils se faisaient la guerre tous les deux, mais qu'il pût manifester cette forme de sensibilité la laissait désarmée. Elle se garda cependant de libérer sa main. Cet instant revêtait une sorte de magie qu'elle ne se sentait pas la force de briser.

Tanita s'en chargea. Alors qu'ils pénétraient tous trois dans la maison, accueillis par une domestique, Tanita annonça :

— Monique, voici ma fille Michaela et son séduisant fiancé. Avez-vous préparé leur chambre ?

— Oui, madame, la chambre du haut, comme vous me l'avez demandé.

Mickey eut un hoquet de surprise. Leur chambre. Tanita ne pouvait avoir prévu de leur faire partager le même lit !

Mais alors qu'un sourire moqueur flottait sur les lèvres de Ryan, Tanita poursuivit, radieuse :

— Je vous ai fait préparer la chambre du haut car elle possède une vue magnifique sur la mer et de plus, elle est délicieuse et très intime.

Comme si ce choix allait de soi, elle s'adressa de nouveau à la domestique qui attendait les ordres.

— C'est parfait, Monique. Monsieur Andrews est-il dans son bureau ?

— Monsieur vous demande de l'excuser. Il a été appelé à l'extérieur mais sera de retour pour le dîner.

— C'est parfait ! Nos invités auront ainsi le temps de prendre possession des lieux. Veuillez demander à Georges de monter leurs bagages.

— Bien, madame.

La domestique disparue, Tanita s'accrocha au bras de Ryan.

— Suivez-moi !

— Mais maman..., protesta Mickey. Je pensais m'installer dans mon ancienne chambre.

Tanita partit d'un grand éclat de rire.

— Et ton fiancé à l'étage supérieur ! Allons, Mickey, après deux ans de fiançailles, je ne me vois pas jouer les fausses prudes et vous obliger à faire chambre à part !

Mickey se préparait à argumenter mais Ryan la devança :

— Cette ouverture d'esprit vous honore, Tanita. Bien des parents ne se seraient pas montrés aussi compréhensifs...

La remarque amusa beaucoup Tanita.

— Ces parents-là sont vieux jeu ! s'exclama-t-elle. Com-

129

ment pourrais-je exiger de ma fille qu'elle observe des règles que je n'observe pas moi-même? J'ai toujours voulu pour Mickey ce qu'il y a de mieux. Or, partager un lit avec celui qu'on aime, n'est-ce pas ce qu'il y a de meilleur au monde?

Ce postulat établi, Tanita ouvrit la porte devant laquelle elle les avait conduits.

— Vous êtes ici chez vous. Le dîner sera servi à 20 h 30, après l'apéritif. Installez-vous confortablement et... à tout à l'heure.

Sur ces mots, Tanita tourna les talons et quitta la chambre. Ni l'un ni l'autre n'osèrent faire le moindre mouvement avant que le bruit de ses pas ne décroisse dans l'escalier. Ryan fut le premier à réagir. Il s'approcha de la fenêtre.

— Votre mère avait raison sur un point : la vue est absolument magnifique, énonça-t-il.

Puis il ôta sa veste, desserra le nœud de sa cravate et s'adossant contre la vitre, reporta toute son attention sur Mickey.

— Quelque chose vous chagrine?

Mickey jeta son sac à main sur le lit.

— Ne vous avisez surtout pas de vous moquer de moi!

— Telle n'était pas mon intention!

— Alors pourquoi jouer cette comédie burlesque? Rien ne serait arrivé si vous ne vous étiez pas fait passer pour mon fiancé. Comment avez-vous osé agir ainsi?

— Parce que j'étais intrigué. Je vous retourne la question, Hanlon. Pourquoi avoir annoncé à votre mère un fiancé qui n'existait pas?

— Pour qu'elle cesse de me harceler. Elle ne supportait pas que je reste célibataire. Je me suis donc inventé un fiancé, ce qui l'a immédiatement rassurée.

Les sourcils de Ryan se firent interrogateurs.

— Pourquoi cette absence d'homme dans votre vie, Hanlon?

— Ce choix ne regarde que moi.

— D'accord, mais cela n'explique pas pourquoi, dès votre arrivée à l'aéroport, vous n'avez pas révélé la vérité à votre mère. En arrivant seule, vous aviez manifestement décidé de lui avouer votre mensonge. Alors, pourquoi ne pas l'avoir fait ?

Mickey connaissait la réponse à cette question mais, même sous la torture, elle n'aurait pas reconnu sa faiblesse. Le regard gourmand de Tanita se posant sur Ryan avait été plus qu'elle ne pouvait supporter. Jamais elle ne laisserait sa mère — ni aucune autre femme, d'ailleurs — flirter avec cet homme. Il lui appartenait.

— Tout est allé si vite ! Je n'ai pas eu le temps, se défendit-elle.

Son ton manquait singulièrement de conviction.

— A qui voulez-vous faire croire cela, Hanlon ! Vous auriez pu inventer mille excuses toutes aussi vraisemblables les unes que les autres : votre fiancé était tombé malade à la dernière minute, ou bien il était retenu par ses affaires... La vérité est que la méprise de votre mère vous convenait. Elle vous donnait une excuse pour partager mon lit sans avoir à le décider par vous-même.

Les joues de Mickey s'embrasèrent.

— Ce n'est pas vrai ! Ce n'est pas vrai ! J'ai proposé de m'installer dans mon ancienne chambre et...

En quelques enjambées Ryan fut près d'elle.

— Soyez honnête avec vous-même, mon cœur, dit-il en lui prenant le menton et en l'obligeant à affronter son regard. Connaissant votre mère comme vous la connaissez, vous ne pouviez douter une seconde de sa réaction. Pour elle les choses sont claires : deux fiancés ayant atteint l'âge adulte ne peuvent faire chambre à part.

Sa voix soudain s'altéra. La prenant par la taille, il l'attira contre lui et posa ses lèvres sur son cou, juste à la naissance des cheveux. La sensation fut si délicieuse que la jeune femme ferma les yeux, oubliant d'un seul coup tout ce qui n'était pas cette bouche brûlante qui glissait vers sa gorge palpitante.

— Pourquoi lui avoir laissé croire que vous étiez mon fiancé ? balbutia-t-elle, éperdue.

Ryan interrompit son baiser et noya son regard au fond des yeux verts qui l'interrogeaient, anxieux.

— Vous n'avez donc pas compris ? C'était pour moi l'occa-

131

sion de demeurer près de vous et d'obtenir enfin ce que j'attends depuis si longtemps...

Mickey aurait dû se fâcher et le repousser mais le sang battait à ses tempes, ses jambes se dérobaient, tout son corps douloureux se tendait vers lui. Elle renversa sa tête en arrière et lui offrit ses lèvres. Ryan se contenta de les effleurer de son souffle sans les toucher, comme pour mieux la tenter. La jeune femme mobilisa ses dernières forces pour une lutte qu'elle savait perdue d'avance.

— Je refuse de dormir près de vous ce soir. Je...

— Qui vous parle de dormir ? Mon intention était justement que nous ne dormions ni l'un ni l'autre...

Comme si les choses essentielles avaient enfin été établies, les lèvres de Ryan, devenues impatientes et avides, s'emparèrent alors des siennes. Emportée par le raz de marée de ses sens en émoi, incapable de résister plus longtemps au désir fulgurant qui la jetait dans ses bras, Mickey noua ses doigts derrière la nuque de son partenaire et plaqua son corps contre le sien provoquant la réponse immédiate de celui-ci. La jeune femme en éprouva un sentiment de triomphe. Quelles que soient les sensations qu'il faisait naître en elle, elle déclenchait chez lui des réactions tout aussi impétueuses. Sa respiration devenait haletante, il tremblait, et la jeune femme pouvait entendre les battements désordonnés de son cœur.

— Ryan...

Sur ses lèvres, le nom surgit comme une prière. Pour qu'il cesse ou au contraire qu'il poursuive, elle n'aurait su le dire mais elle eut sur son partenaire un effet fulgurant. Comme s'il prenait brusquement conscience de ce qui n'allait pas manquer de se passer, Ryan la libéra de son étreinte passionnée et s'éloigna à l'autre bout de la pièce.

— Bon sang, Hanlon, vous me faites perdre la tête ! balbutia-t-il. Si nous continuons ainsi, je doute que nous soyons à l'heure pour le dîner. Pourquoi ne m'avez-vous pas dit que Tanita Amory était votre mère ?

La respiration saccadée, Mickey éprouvait quelque difficulté à reprendre ses esprits.

— Je ne pensais pas que ce fût important. Il n'est pas facile d'être la fille d'un personnage ayant une telle notoriété. Et j'étais loin d'imaginer qu'un jour vous pourriez la rencontrer. Alors, pourquoi vous aurais-je fait des confidences ?

— Avez-vous honte de votre mère, Hanlon ?

La question surprit la jeune femme par sa brutalité. Elle resta un instant à le fixer en silence puis, prise d'une rage subite, elle s'avança vers lui, les poings serrés, prête à frapper.

— Comment osez-vous dire une chose pareille !

— Réfléchissez avant de répondre...

— Jamais, vous m'entendez, jamais je n'ai eu honte de ma mère !

— Elle a pourtant la réputation d'être une grande séductrice, une collectionneuse de maris et même d'amants...

Le visage de Mickey blêmit.

— Les affaires de cœur de ma mère ne regardent qu'elle !

— Vous avez honte de sa conduite, n'est-ce pas ?

L'armure de Mickey se fissura et la jeune femme dut faire un terrible effort pour ne pas fondre en larmes. Avec l'énergie du désespoir, elle tenta de défendre celle qui l'avait mise au monde.

— Qui a jamais pu changer sa nature profonde ? Est-ce sa faute si celle-ci la conduit irrémédiablement dans le lit des hommes ? Si je devais éprouver quelque chose à ce sujet, ce serait de la pitié, certainement pas de la honte !

— Vous avez peur, Hanlon ! Peur d'avoir hérité de sa nature. Peur que celle-ci vous conduise...

— ... dans votre lit !

— Cela vous serait donc si désagréable ?

Ce serait sublime, absolument divin, au contraire, mais pour combien de temps ? Se donner à lui ne signifiait-il pas le perdre à long terme ? N'était-ce pas ce qui s'était passé avec Jean-Luc ? N'était-ce pas ce qui se passait avec tous les hommes qui croisaient le chemin de Tanita ? Une fois les désirs assouvis, que reste-t-il sinon le vide et le désespoir.

Des coups frappés à la porte interrompirent le cours de ses pensées. Mickey s'empressa d'aller ouvrir. Georges apportait les bagages. Percevant l'atmosphère tendue qui régnait dans la pièce, il déposa les valises sans un mot et ressortit aussitôt. Son arrivée, toutefois, avait fait diversion. Lorsque, après avoir refermé la porte, la jeune femme se retourna, Ryan se tenait penché sur sa valise ouverte.

— Nous reprendrons cette intéressante conversation lorsque nous serons certains de ne pas être interrompus, lança-t-il, commençant à ranger ses chemises dans le placard. Pour le moment, une douche froide serait pour moi la bienvenue. Désirez-vous utiliser la salle de bains, la première ?

— Non, merci. Je vais d'abord ranger mes affaires.

Et mettre de l'ordre dans mes pensées ! aurait-elle dû ajouter. Lorsque Ryan eut disparu dans la salle de bains, Mickey s'assit sur le lit et se prit la tête dans les mains. Sa décision était prise, elle abandonnait le combat. Ce qui était vrai pour Tanita l'était pour elle également : on ne lutte pas contre sa nature profonde. Elle désirait cet homme plus que tout au monde et, cette nuit, elle se donnerait à lui. Peu lui importait désormais que cette folie dure une heure, un jour, une année. Quand les feux de la passion s'éteindraient — et ils n'allaient pas manquer de s'éteindre — il serait alors temps de réféchir à son devenir.

Mickey mit la dernière touche à son maquillage et considéra, étonnée, son reflet dans le miroir. Ce soir, celui-ci lui renvoyait l'image d'une femme qui ne craignait plus d'afficher sa féminité ni sa volonté de séduire. Elle avait choisi de porter une de ses nouvelles robes, un fourreau noir et moulant qui mettait en valeur sa silhouette svelte et élancée. Ses épaules étaient nues mais des manches de mousseline transparente gainaient ses bras parfaits. Pour la première fois depuis longtemps elle apprécia sa beauté et c'est d'un pas léger qu'elle sortit de la salle de bains pour affronter le regard de Ryan. Quand elle apparut sur le pas de la porte, celui-ci — d'une élégance extrême en pantalon noir et veste blanche — resta un long moment à la contempler sans dire un mot. Puis, comme s'il éprouvait quelque difficulté à avaler sa salive, il murmura :

— Vous... vous êtes superbe !

Son admiration sincère alla droit au cœur de la jeune femme. Une lueur dansait au fond des yeux bleu nuit lorsqu'il ajouta :

— Cette robe n'a rien à voir avec les vêtements que vous portiez auparavant. Auriez-vous enfin accepté d'être une femme, Hanlon ?

Passant devant lui pour se diriger vers la porte, elle lui lança, énigmatique :

— Cela et bien d'autres choses encore. De toute façon, je n'avais pas vraiment le choix.

Ryan fronça les sourcils.

— Ce qui signifie...

Mickey secoua rapidement la tête. Elle avait sans doute pris une décision mais ne s'en accommodait pas entièrement. Elle se sentait plus résignée que vraiment heureuse.

— Vous allez en tirer les avantages, alors contentez-vous de remercier le ciel sans vous poser de question...

Ryan la retint par le bras et contempla le visage solennel qu'elle tournait vers lui pendant ce qui lui sembla une éternité.

— Etes-vous sûre que c'est ce que vous voulez ? demanda-t-il enfin ?

Elle eut un rire cynique.

— Je vous le répète, je ne suis pas persuadée d'avoir le choix. Toutefois il vaudrait mieux, pour l'heure, que nous rejoignions nos hôtes, dit-elle en ouvrant la porte.

Ryan lui emboîta le pas.

Lorsqu'ils pénétrèrent dans le salon, ils trouvèrent Tanita et Mitchell qui les attendaient. Mickey se dirigea vers son futur beau-père, le visage rayonnant.

— Je suis si heureuse de te revoir, Mitch !

— Pas autant que moi, Mickey !

En observant du coin de l'œil Tanita s'avancer vers Ryan et lui lancer un de ses sourires ensorceleurs, la jeune femme ne put s'empêcher de murmurer à l'oreille de Mitch :

— J'espère que tu as bien réfléchi avant de proposer le mariage à maman.

Mitchell qui avait surpris le regard de la jeune femme répondit aussitôt :

— N'aie aucune crainte, Mickey, je suis le plus heureux des hommes et je ne doute pas une seconde des sentiments de ta mère à mon égard. Elle éprouvera toujours le besoin de se prouver à elle-même qu'elle est encore séduisante, mais ce n'est qu'un jeu, rien de plus.

— Tu n'as pas peur qu'elle...

— Ne sois pas jalouse ! Ta mère n'a aucune intention de te voler ton fiancé.

Comme prise en faute, la jeune femme rougit puis déposa un baiser sonore sur la joue de son interlocuteur.

— Oh, Mitch, je ne sais comment tu arrives à nous supporter, maman et moi, mais la meilleure chose qui pouvait nous arriver est que tu fasses partie de la famille !

— Je ne suis apparemment pas le seul candidat. Je meurs d'impatience de connaître enfin celui qui a réussi à t'arracher à tes avions bien-aimés.

Dès qu'ils s'approchèrent, Tanita se désintéressa de Ryan pour s'accrocher au bras de son futur mari.

— Mitch chéri, je te présente le fiancé de Mickey, Ryan, annonça-t-elle, radieuse.

— Ryan ! s'étonna Mitch. Je pensais qu'il s'appelait Jack !

Mickey se figea, embarrassée, mais Ryan répondit aussitôt, parfaitement à l'aise :

— C'est une longue histoire que je vous raconterai un jour, monsieur Andrews.

A l'instant même Monique apparut annonçant que le dîner était servi. Tous quatre se dirigèrent vers la salle à manger. Le repas se déroula dans une atmosphère des plus joyeuses. Le bonheur de Tanita et de Mitchell faisait plaisir à voir. Ils ne se quittaient pas des yeux. Soudain Mickey rencontra le regard de Ryan. Ce dernier, en grande conversation avec Mitchell s'interrompit pour lui adresser un sourire si lumineux et si complice que la jeune femme en rosit de plaisir.

A l'autre bout de la table, Tanita à qui cet échange de regards n'avait pas échappé, leva son verre, sollicitant l'attention de tous.

— Je voudrais porter un toast à ma fille adorée et à son très séduisant fiancé. Je leur souhaite santé, richesse et beaucoup de bonheur. Que leur amour dure toujours !

Mickey ferma les yeux, en proie à une incommensurable détresse. « Oh maman, tu es en dehors de la réalité. Ce n'est pas ça le véritable amour. Je ne sais pas plus que toi ce qu'aimer signifie. Toutes les deux nous ne connaissons que la passion, cette folie divine et éphémère. Je désire Ryan et il me désire, voilà tout ! » aurait-elle voulu crier.

— Un problème, Mickey ? demanda Mitchell qui lui tendait un verre afin qu'elle participe au toast.

Avant même qu'elle pût répondre, Ryan intervint.

— Mickey n'aime guère être le centre d'attraction.

Tanita laissa échapper un profond soupir.

— Mickey est si différente de moi ! Elle déteste la publicité alors que je ne peux vivre sans elle. Cette aversion lui vient de cette fameuse affaire, dans le passé, quand sa photo a fait la une des journaux.

— Maman !

L'exclamation horrifiée de Mickey ne sembla pas émouvoir sa mère. Lorsque Tanita était lancée sur un sujet, il était pratiquement impossible de l'en faire dévier.

— J'ai trouvé, moi-même, cette publicité qui t'était faite fort désagréable, ma chérie. Personne n'aime être accusée d'être la cause d'un divorce retentissant. Et ce goujat de Jean-Luc qui t'a alors lâchement abandonnée !

— Maman, supplia Mickey, je n'ai aucune envie de parler de cette lamentable histoire.

— Mais elle est vieille de huit ans ! J'espère que tu as oublié tout cela.

Ce fut Ryan qui vint à son secours. Dans une attitude que Mickey connaissait bien, il haussa un sourcil interrogateur.

— Et s'il n'en était rien ?

Tanita en demeura positivement interloquée.

— Dieu du ciel, Mickey, ne me dis pas que tu ressasses encore cette vieille histoire ! Jean-luc était ton premier amour, ta première expérience, certes, mais...

Mickey eut soudainement l'impression qu'une digue se rompait en elle.

— Je t'en prie, maman, ne parle pas de ce que tu ne connais pas ! explosa-t-elle. Mon aventure avec Jean-Luc, toutes ces aventures éphémères que tu collectionnes n'ont rien à voir avec l'amour ! Pour une fois, regarde la réalité en face : tous ces hommes qui sont passés dans ta vie, tu ne les aimais pas.

Le visage de Tanita affichait un désarroi total.

— Tu te trompes, ma chérie, se défendit-elle, visiblement peinée. J'ai été amoureuse de chacun d'eux. Peut-être pas de la manière dont j'aime Mitch aujourd'hui, mais jamais, au grand jamais, je n'aurais pu avoir une relation avec un homme sans être amoureuse de lui. Je ne comprends rien à ton discours. Quelle autre raison pourrait-il y avoir ?

Tanita ne trouvait plus ses mots. Tous les regards convergèrent alors vers Mickey. La jeune femme était mortellement fatiguée de tous ces faux-semblants et sa réponse fusa, sans fioriture :

— Pour le sexe. Pour les plaisirs de la chair. Et, une fois les désirs assouvis, il ne reste plus rien.

Pour la première fois de sa vie, Tanita parut choquée.

— C'est réellement ce que tu penses, Michaela... balbutia-t-elle.

Elle fixait sur sa fille un regard éperdu espérant que celle-ci lui viendrait en aide, qu'elle avait mal interprété les mots qu'elle venait d'entendre.

Mais Mickey restait de glace. Incapable de soutenir plus longtemps son regard, Tanita finit par baisser la tête.

— Tes paroles sont d'une cruauté terrible, ma chérie, mais je suppose que je les ai méritées. Comment aurais-tu pu interpréter autrement ma conduite ? Tu n'étais qu'une enfant...

Relevant la tête, elle chercha le soutien de son futur mari qui, d'un sourire bienveillant, l'encouragea à poursuivre.

— Tu devrais lui parler, ma chérie, parce que quelque chose me dit que c'est très important.

— Oh, Mickey ! dit-elle alors, si j'ai pu te donner l'impression de collectionner les hommes pour le plaisir des sens, elle est fort éloignée de la réalité. J'ai toujours cherché chez mes partenaires protection et tendresse. Le métier d'artiste rend si vulnérable! Les jeux d'alcôve ne m'ont jamais vraiment intéressée. C'est pourquoi, sans doute, je me retrouvais toujours seule... Puis la presse a fait de moi un sex-symbol et je l'ai laissée faire. Cette image était indispensable à ma carrière. Vois-tu, ma chérie, je n'ai rien à voir avec ce personnage que l'on a fabriqué. Je suis si fragile...

Tanita se leva alors de son siège pour venir passer ses bras autour des épaules de sa fille.

— J'ai toujours espéré que tu serais plus heureuse que moi, dans ce domaine, Mickey chérie! Tu es si forte, si déterminée, si volontaire et si... passionnée. Tout le contraire de moi. Au fond de toi se cache un volcan. Tu ne te contenteras jamais d'une aventure médiocre. Il te faut tout ou rien. Jean-Luc était une erreur. Il ne te méritait pas. Je n'ai eu, en revanche, qu'à jeter un seul regard sur Ryan pour savoir qu'il était l'homme de ta vie.

— Vos paroles me comblent d'aise, Tanita, répondit ce dernier. Il ne me reste plus qu'à espérer que votre fille partage votre conviction.

— Ce n'est pas le cas? demanda Mitchell, soudain inquiet.

— Pas toujours. Mais quand ça lui arrive, cela vaut vraiment la peine.

Mickey repoussa brusquement sa chaise et se leva.

— Veuillez m'excuser, annonça-t-elle d'une voix blanche, je ne me sens pas très bien!

Sans laisser à quiconque le temps de réagir, elle quitta la pièce en courant.

10.

Mickey avait à peine gravi la moitié des marches qu'une main de fer agrippait son bras, l'obligeant à ralentir sa fuite éperdue.

— Il faut que nous parlions! dit Ryan.

La jeune femme tourna vers lui un visage livide et tenta de se libérer.

— Laissez-moi, je vous en prie! Je ne veux voir personne. J'ai besoin d'être seule.

— Certainement pas. Le mieux que vous ayez à faire pour vous soulager est de parler.

— Oseriez-vous prétendre savoir ce qui est bon pour moi? se révolta-t-elle.

— J'ai, en effet, cette prétention. Je m'intéresse à vous et je vous connais mieux que vous ne vous connaissez vous-même. Un jour, peut-être, comprendrez-vous le terrible pouvoir que vous détenez...

Mickey retint sa respiration.

— Que voulez-vous dire?

— Dieu me préserve de vous donner plus d'armes que vous n'en avez déjà!

— Je ne possède aucune arme et je ne comprends rien à vos paroles obscures! s'entêta la jeune femme.

Ils venaient d'atteindre leur chambre. Sans desserrer son étreinte, Ryan ouvrit la porte, entraînant la jeune femme à l'intérieur avant de refermer soigneusement derrière lui. Alors

140

seulement, il accepta de la libérer. Mickey se réfugia à l'autre bout de la pièce.

— Je ne désire qu'une chose, répéta-t-elle, qu'on me laisse en paix.

Ryan quitta sa veste, la posa avec soin sur le dossier d'une chaise et, avec le plus grand calme, se débarrassa de son nœud papillon.

— Cessez de vous raconter des histoires, Hanlon. Vous ne désirez pas la paix, elle vous ferait mourir d'ennui. Ce qui existe entre nous est beaucoup plus excitant, avouez-le !

— De quoi parlez-vous ? Il n'existe rien entre nous !

— Seulement parce que vous avez peur de l'admettre.

— Je n'ai jamais eu peur de rien.

— De rien sauf de vous-même.

Le pouls de la jeune femme s'accéléra. Il avait raison. L'hypocrisie n'était plus de mise. N'avait-elle pas admis elle-même, plus tôt dans la soirée, que la bataille qu'elle livrait contre ses pulsions instinctives était perdue d'avance ? A quoi servait-il de combattre ? Elle rendit les armes.

— D'accord, avoua-t-elle. Si vous voulez me faire dire que j'ai envie de faire l'amour avec vous, je le reconnais : je meurs d'envie de partager votre lit.

Contrairement à ce qu'elle avait imaginé, Ryan Douglas n'afficha aucun triomphalisme.

— Désolé, mais cela ne suffit plus, Hanlon !

— Que voulez-vous dire ?

Il s'avança vers elle et, la prenant par les épaules, la poussa vers le lit sur lequel il l'obligea à s'asseoir.

— Ma proposition, cette fois, est tout autre mais vous ne la connaîtrez qu'après avoir répondu à mes questions.

— Vos questions ! A quel sorte de jeu voulez-vous encore jouer ?

A sa grande surprise, Ryan ne s'assit pas à côté d'elle mais s'éloigna jusqu'à l'autre bout de la pièce. Debout dans l'ombre, devant la fenêtre, il lui lança, lui tournant le dos :

— Il ne s'agit pas d'un jeu, Hanlon ! Je veux tout savoir sur cette affaire avec Jean-Luc !

— C'est-à-dire ?

— Racontez-moi tout, du début jusqu'à la fin.

« Pourquoi ne pas terminer ce que Tanita a commencé ? » pensa la jeune femme, fataliste.

— L'histoire ne mérite pas l'intérêt que vous lui accordez. Elle est, hélas, on ne peut plus banale ! Jean-Luc était un champion des courses de hors-bords connu et terriblement séduisant. J'avais dix-neuf ans et je suis tombée dans ses bras au premier regard. Nous avions pris l'habitude de nous rencontrer en cachette, à sa demande. Je trouvais, pour ma part, terriblement romantiques et excitants ces rendez-vous secrets. Mais malgré les ruses déployées pour éviter les journalistes, ceux-ci découvrirent notre liaison et... sa femme demanda le divorce. Jean-Luc m'expliqua alors que j'étais, certes, terriblement sexy et excitante mais que notre aventure n'était qu'un flirt sans importance et que jamais il ne quitterait pour moi la femme qu'il aimait.

A peine ces mots prononcés, la jeune femme sursauta violemment. Ryan venait de saisir un vase qu'il lança avec rage contre le mur où il se brisa en mille éclats.

— L'infâme individu ! s'exclama-t-il, le visage blême. Je suppose que le bel athlète avait omis de vous informer qu'il était marié ?

— Oui. Mais j'aurais dû le deviner.

— Ne prenez pas sa défense, Hanlon, il ne le mérite pas. Vous n'étiez, à l'époque, qu'une adolescente naïve et il a lâchement profité de votre innocence.

— Je me suis jetée dans ses bras ! Plus rien d'autre ne comptait que nos rendez-vous. Une sorte de pulsion irrésistible me poussait...

Jamais Mickey n'aurait imaginé que le visage de Ryan pût devenir plus pâle qu'il ne l'était déjà. C'est pourtant ce qui se produisit.

— La même pulsion qui vous pousse vers moi ? demanda-t-il d'une voix blanche.

— Non, oh non !

Mickey fut la première surprise de la spontanéité de sa dénégation. Qu'avait donc de si différent cet élan qui la poussait dans les bras de Ryan ?

Ce dernier semblait connaître la réponse.

— Ce n'est pas la même et pourtant elle vous terrifie. Vous craignez que les démons d'hier resurgissent.

— Assez ! Assez !

La jeune femme se couvrit les oreilles pour ne plus entendre. En quelques enjambées, Ryan fut auprès du lit. Il s'agenouilla devant elle, lui prit les mains, l'obligeant à l'écouter.

— Durant ces huit dernières années, croyant ressembler à votre mère, vous vous êtes forgé une carapace, étouffant en vous toute féminité, essayant de tuer le monstre lubrique que vous croyiez héberger en votre sein. Je ne me trompe pas, n'est-ce pas ? Vous avez pensé n'être qu'une obsédée sexuelle, une sorte de nymphomane incapable de maîtriser ses pulsions.

Mickey abandonna toute idée de se défendre contre ce qui semblait désormais une évidence. En quelques mots, Ryan venait de mettre son âme à nue. Cet homme lisait en elle comme dans un livre ouvert.

— Quand avez-vous deviné ? demanda-t-elle la bouche sèche.

— Dès que je vous ai rencontrée, vous m'avez intrigué. Vous représentiez une énigme qui valait la peine d'être déchiffrée. Mais ce n'est que ce soir, au cours du repas, que les dernières pièces du puzzle se sont mises en place.

— Ce qui vous amène à refuser mon offre de partager votre lit, commenta-t-elle, sans chercher à dissimuler l'amertume de sa voix.

— Cette offre m'intéresse, au contraire, plus que jamais. J'y mets cependant une condition.

— Je pensais que...

— Que pensiez-vous, Hanlon ? Que ce triste individu ayant autrefois abusé de votre naïveté, j'allais me détourner de vous ?

— Je me suis conduite comme une... comme une...

Ses pommettes s'embrasaient, les mots restaient prisonniers de sa gorge desséchée. Avec une infinie douceur, Ryan lui prit le menton et l'obligea à affronter son regard.

— Cessez donc de vous sentir coupable, je vous en supplie ! Contrairement à ce que vous pensez, Jean-Luc était votre premier amour et, dotée d'une nature passionnée, vous vous êtes donnée à lui sans restriction. Qui pourrait vous en blâmer ? La seule erreur que vous ayez commise est de ne pas vous être aperçue que cet homme ne vous méritait pas. Durant huit longues années, vous vous êtes punie pour un crime que vous n'aviez pas commis.

Dieu du ciel, se pouvait-il qu'il ait raison ! Se pouvait-il que, trompée par l'attitude de Tanita, elle ait mal interprété ses propres sentiments ?

— Huit longues années ! répéta Ryan comme s'il avait, lui-même, du mal à y croire. Et durant tout ce temps-là, pas une seule fois, vous n'avez songé à remettre en cause vos conclusions ?

— Comment l'aurais-je pu ? J'étais bien trop occupée à tout faire pour que cela ne se reproduise plus. La meilleure façon de ne pas succomber à la tentation était d'en supprimer la cause.

— Hanlon, vous êtes vraiment la femme la plus incroyable qu'il m'ait été donné de rencontrer ! Ne vous est-il jamais venu à l'esprit qu'aucune nymphomane n'aurait pu s'imposer pareille discipline ? Vous avez, quant à vous, résisté huit longues années...

Une résistance qui s'était avérée des plus faciles car aucun homme n'avait réussi à entamer son système de défense jusqu'à ce fameux jour où... Ryan Douglas était entré dans son bureau.

Comme s'il lisait dans ses pensées, Ryan poursuivit :

— Il a pourtant suffi que je franchisse la porte de la Hanlon Air Company pour que vous jetiez vos bonnes résolutions par-dessus les moulins. Souvenez-vous de ce baiser...

Mickey porta instinctivement sa main à ses lèvres. Comment pourrait-elle jamais oublier ?

— Selon vous, Hanlon, que s'est-il passé ce jour-là ?

— Vous avez toujours de si bonnes explications à tout, que je vous laisse le plaisir de me l'apprendre, lança-t-elle, prête à le griffer s'il osait recommencer à plaisanter.

144

— Je pense qu'il va falloir vous rendre à l'évidence : vous êtes tombée amoureuse de moi !

— Amoureuse de vous ! Vous n'y pensez pas !

Une ombre passa sur le visage de Ryan et les coins de sa bouche se crispèrent.

— Pourquoi cela serait-il si surprenant ?

— Parce que...

Elle ne put aller plus loin, faute d'arguments. Un pâle sourire revint sur les lèvres de Ryan.

— Oh... voilà qui est tout à fait convaincant ! Peut-être devrions-nous pousser plus loin l'analyse. Laissez-moi vous soumettre à quelques questions simples : si, par exemple, j'étais sérieusement blessé, éprouveriez-vous de la peine ?

— Evidemment ! Je ne suis ni indifférente, ni insensible. Mais je réagirais de la même manière vis-à-vis de n'importe qui. En quoi cela prouverait-il que je vous aime ?

— J'admets que la proposition était trop générale. Essayons autre chose. Imaginez un instant que je fasse l'amour à une autre femme...

Un fer rougi au feu s'enfonça dans le cœur de Mickey. Aucune souffrance n'aurait pu être plus insupportable. La simple idée que Ryan pût caresser le corps d'une autre femme lui donnait la nausée, faisait naître en elle des envies de meurtre. Son regard dut paraître éloquent car son interlocuteur éclata de rire.

— Quelque chose me dit que, si je tiens à la vie, il vaudrait mieux que je m'en abstienne. Il me reste une dernière interrogation et réfléchissez bien à votre réponse : si je vous annonçais mon intention de sortir par cette porte et de ne plus jamais revenir, tenteriez-vous de me retenir ?

Le cœur de la jeune femme bondit dans sa poitrine. Ne plus jamais le revoir ! Comment même imaginer que cela pût se produire. En s'éloignant, il la priverait à jamais de toute espérance, de sa raison de vivre. Elle l'aimait ! Elle l'aimait à en mourir ! Tout s'éclairait enfin. Son amour pour Ryan expliquait l'inexplicable. Une émotion intense la submergea remplacée aussitôt par une peur atroce. La découverte qu'elle venait de faire ne changeait rien à la situation. Certes, elle aimait Ryan mais lui ne l'aimait pas. Pas une seule fois, au cours de la soirée, il n'avait mentionné son amour pour elle. Il la désirait, rien de plus. Une souffrance proche de l'agonie tordit son cœur. A quel jeu pervers jouait-il ? Avec une habileté diabolique, il venait de lui faire admettre son amour pour lui. Dans quelle intention ? Elle chercha son regard. Il attendait sa réponse. Elle tenta une dernière esquive :

— Pourquoi toutes ces questions ? Qu'essayez-vous de prouver ? Que vous importe les sentiments que j'éprouve pour vous ? La seule chose qui vous intéresse vraiment est que je partage votre lit. Que je sois amoureuse ou non de vous ne change rien à l'affaire.

— Cela change tout, au contraire !

Le visage de Ryan s'était soudain empreint d'une gravité qu'elle ne lui connaissait pas. Il se tenait agenouillé devant elle, tenant ses mains dans les siennes comme s'il ne voulait plus jamais les laisser échapper.

— Oh, Hanlon ! murmura-t-il d'une voix vibrante d'émotion, quand comprendrez-vous que la chose au monde qui m'importe le plus est que vous m'aimiez autant que je vous aime ?

Bien que ces mots fussent exactement ceux que la jeune femme rêvait d'entendre, elle se refusait toujours à les croire.

— Ce n'est pas vrai ! Ce n'est pas vrai !

Prise d'une sorte d'hystérie, au bord de la crise de larmes, Mickey arracha ses mains à celles de Ryan et se mit à lui marteler la poitrine de ses poings. Tendrement, il lui emprisonna de nouveau les mains et confessa :

— Aussi fou que cela puisse paraître, je suis tombé amoureux de toi dès que j'ai franchi la porte de ce bureau...

— Ce n'est pas vrai ! répéta Mickey, têtue.

— C'est pourtant ce qui s'est passé et ni toi ni moi n'y pouvons rien.

Mickey ne désarma pas.

— Je me souviens de chaque seconde de cette première rencontre. Vous n'avez cessé de vous moquer de moi !

— Oh, Mickey, que pouvais-je faire d'autre que tenter de me défendre ? Je venais de recevoir un coup mortel.

L'utilisation de son prénom, plus encore que la complicité du tutoiement, eut soudain raison de sa résistance. Les tremblements qui agitaient son corps depuis de longues minutes cessèrent comme par enchantement et une onde de chaleur la parcourut transmettant à chaque fibre de son être ce message de bonheur ineffable : elle était aimée de l'homme qu'elle aimait.

— Il ne s'agissait pas seulement de défense, mais d'attaque, lança-t-elle, mutine. Nous nous sommes livrés un combat sans merci.

Ryan se détendit à son tour.

— Un combat sans merci et sans concession. Ces passes d'armes, ces joutes oratoires, sont les choses les plus excitantes qu'il m'ait été donné d'expérimenter. Elles ne sont égalées que par le plaisir que j'éprouve à te prendre dans mes bras.

Mickey buvait avec délectation ses paroles. Chacune d'elles pénétrait son cœur tel un baume capable de cicatriser les blessures laissées par Jean-Luc.

— Parle-moi encore, je t'en prie, demanda-t-elle avidement.

— Pas avant que tu n'aies prononcé les mots que j'attends depuis si longtemps. Mickey, je t'en prie, réponds-moi : m'aimes-tu autant que je t'aime ?

Ces mots qu'il brûlait d'entendre étaient sur les lèvres de la jeune femme mais il l'avait soumise à trop rude épreuve pour qu'elle n'éprouve pas le besoin de prendre sa revanche. Elle battit des paupières d'un air innocent.

— Je suis très étonnée que vous sollicitiez une réponse de ma part, monsieur Ryan Douglas ! Il y a quelques minutes à peine vous déclariez tout connaître de mes sentiments à votre égard.

Ryan n'éclata pas de rire comme elle s'y attendait. Son visage, au contraire, se crispa comme sous l'effet d'une tension insoutenable.

— Ne joue pas avec mon cœur, Mickey, à moins que tu veuilles le briser. Suis-je allé trop loin en te faisant découvrir qui tu étais vraiment ? Me serais-je trompé ?

147

Mickey découvrait, stupéfaite, le doute niché au fond des yeux bleu nuit. Ryan Douglas, l'orgueilleux Ryan Douglas, d'ordinaire si sûr de lui, avait peur. Cette découverte lui fit l'effet d'un électrochoc. Sans plus hésiter, la jeune femme jeta ses bras autour du cou de son partenaire et, l'obligeant à se relever, se lova amoureusement contre lui.

— Non, tu ne t'es pas trompé, mon amour. Je t'aime. Je t'aime à en perdre la raison. Je t'ai aimé dès le premier jour où tu as franchi la porte de ce bureau mais je ne pouvais comprendre, alors, ce qui m'arrivait. Oh, Ryan... n'as-tu pas peur d'aimer une femme à la nature aussi impulsive et passionnée que la mienne et qui...

— ... qui m'a fait, tout à l'heure, une proposition des plus intéressantes que je suis prêt à accepter !

Ses lèvres se posèrent sur l'épaule dénudée de Mickey et remontèrent le long de son cou en une suite de baisers d'un érotisme brûlant. Malgré le désir qui l'embrasait tout entière, la jeune femme le repoussa.

— Tu as annoncé une condition préalable.

— Dieu du ciel, tu n'oublies donc jamais rien !

— Jamais !

Ryan laissa échapper un profond soupir.

— J'aurais mieux fait de tourner sept fois ma langue dans ma bouche avant de parler ! Il vient juste de me venir à l'esprit que tu pourrais refuser.

Mickey ferma les yeux. La bouche de Ryan venait d'atteindre le lobe de son oreille. La sensation était si exquise qu'elle lui ôtait toute faculté de penser.

— Quelle est-elle ? demanda-t-elle, chancelante.

— Les dés sont jetés : je ne te suivrai dans ce lit que si tu acceptes de m'épouser.

Mickey posa sa tête sur la poitrine de son partenaire. Le bateau arrivait enfin au port. Ryan Douglas la demandait en mariage et la jeune femme savait désormais avec certitude que c'était la chose qu'elle désirait le plus au monde. Eperdue de bonheur, elle répondit :

— Hum... cette condition me paraît acceptable.

Elle ajouta, dans un soupir d'aise :

— Jamais je ne remercierai assez le hasard qui t'a fait prendre cet avion...

Le corps de Ryan se tendit comme un arc.

— A vrai dire, ma chérie, le hasard n'y est pour rien.

Mickey se dégagea de son étreinte.

— Que veux-tu dire ?

— Si j'ai réservé une place dans cet avion c'est parce que je savais t'y retrouver. Leah m'avait transmis ton numéro de vol.

— Leah ?

Ryan la souleva de terre et la porta jusque sur le lit où il s'assit, l'installant sur ses genoux.

— J'avoue avoir un peu triché, Mickey, mais que pouvais-je faire d'autre ? Tu étais si fermée, si inaccessible. J'étais fou amoureux et je désespérais de pouvoir, un jour, trouver le moyen de t'avouer cet amour. Leah s'est montrée la plus compréhensive des confidentes. Devant mon désespoir elle m'a aidé à élaborer un stratagème pour t'approcher : je profiterais de ce voyage qui te conduisait vers ta mère pour la rencontrer. Elle me semblait être le nœud du problème. Cependant, ni Leah ni moi n'avions prévu qu'elle me prenne pour ton fiancé. Le hasard, en définitive, a bien fait les choses !

Mickey nicha sa tête au creux de l'épaule de Ryan.

— Ainsi Leah, tout comme Sophie, avait deviné mes sentiments à ton égard. Même Sid ne s'y était pas trompé. J'étais la seule à refuser l'évidence.

— Suis-je pardonné ? demanda Ryan, une pointe d'inquiétude dans la voix.

Mickey fit la moue.

— Hum... je ne sais pas... Tu es parti si vite en compagnie de Peter... Ce départ précipité ne pouvait que renforcer ma conviction que je n'étais pour toi qu'un flirt sans importance.

— Alors que tu étais devenue ma raison de vivre ! Je ne pouvais, hélas, m'attarder auprès de toi, Mickey ! Bobby...

Mickey réagit aussitôt. Son propre désespoir lui avait fait oublier les malheurs du frère de Peter.

— Comment va-t-il ?

— Il est tiré d'affaire et il va bientôt sortir de l'hôpital.

Elle respira, soulagée.

— Dieu merci, tout est bien qui finit bien.

— Rien n'est fini, tout ne fait que commencer, au contraire. Puisque tu acceptes de m'épouser, je suis prêt à répondre à ton invitation et à partager avec toi cette couche obligeamment mise à notre disposition par Tanita.

Le plus naturellement du monde, il renversa la jeune femme sur le lit et s'allongea sur elle. Ce fut enfin sans aucun sentiment de culpabilité que Mickey offrit sa bouche à ses baisers avides. Ses doigts, impatients, cherchaient les boutons de la chemise de son partenaire pour le dévêtir. Aucune barrière ne devait plus les séparer. Avec la même hâte, Ryan fit glisser la fermeture de la robe qu'elle portait. Quelques secondes plus tard, leurs vêtements s'entassaient sur le tapis au pied du lit. Il ne restait plus sur le corps de Mickey qu'un triangle de soie, dernier rempart vers son intimité. Ryan l'enleva avec délicatesse et recula pour mieux contempler sa nudité.

— Tu es si belle, mon amour ! dit-il d'une voix rauque.

Comme s'ils voulaient mémoriser chacune de ses courbes, ses doigts se mirent à explorer ses lèvres, son cou, sa gorge, pour trouver enfin la pointe gonflée de désir de l'un de ses seins.

— Ryan !

La caresse était délicieuse mais elle voulait plus. Son nom lancé comme une supplique agit sur Ryan comme un aiguillon. Il se pencha pour engloutir dans sa bouche la pointe turgescente. Le monde entier cessa alors d'exister. Plus rien ne comptait que cette bouche, cette langue qui s'activait, emportant la jeune femme sur un océan de délices. Une lave incandescente coulait dans ses veines. Elle n'était plus que désir. Elle cambra ses reins pour mieux s'offrir et leurs deux corps se rejoignirent, s'épousèrent, à la recherche de la fusion totale. Mickey atteignit seule le point de non-retour. Alors que, la respiration saccadée, elle reprenait avec peine son souffle, elle leva vers son partenaire un regard plein d'inquiétude.

150

— Que... que se passe-t-il, Ryan ?

Ryan lui adressa un sourire lumineux.

— Je voulais te prouver que je ne suis pas un animal.

— Oh...

Ainsi il n'avait pas oublié le qualificatif dont elle l'avait gratifié et avait tenu à lui prouver qu'elle se trompait.

— Tu n'es pas un animal mais un monstre et tu vas payer pour ça, Ryan Douglas !

Elle le fit tomber sur le dos et se mit en devoir de mettre sa menace à exécution. Elle ne connaissait pas d'autres moyens de se venger que de lui faire subir le même traitement qu'il venait de lui appliquer. Les gémissements de plaisir qu'elle déclencha chez lui lui prouvèrent aussitôt l'efficacité de sa méthode. Mais Ryan fut plus fort qu'elle. Alors qu'elle croyait atteindre le but désiré, il la fit rouler sous lui pour la couvrir de son corps puissant. Elle était de nouveau à sa merci, impuissante. Ils restèrent ainsi quelques secondes sans bouger, le cœur battant la chamade, la respiration haletante, puis, incapables de résister plus longtemps à la vague de désir qui les submergeait, ils roulèrent sur le lit, leurs deux corps enlacés et c'est, ensemble, qu'ils connurent l'extase finale.

Ce n'est que beaucoup plus tard que Mickey ouvrit les yeux pour découvrir le regard de Ryan fixé sur elle.

— Tu te sens bien, Mickey ? demanda-t-il en écartant une mèche de cheveux collée sur son front moite.

— Infiniment bien ! murmura-t-elle en lui prenant la main et en baisant langoureusement le creux de sa paume. Tu m'appelles Mickey ?

Ryan sourit.

— Quand tu es douce et aimante, ce prénom te convient parfaitement. Je ne renonce pas pour autant à t'appeler Hanlon, car je ne doute pas une seconde que nous repartions bientôt en guerre. Le combat entre nous ne cessera jamais !

Mickey aima l'idée d'avoir pour lui deux prénoms. Elle lui donnait l'impression d'être quelqu'un de spécial.

— Au fait, poursuivit Ryan, je vais avoir besoin d'un pilote expérimenté pour mon prochain reportage. As-tu quelqu'un de particulier à me recommander ?

151

Mickey se redressa brusquement sur un coude, cherchant son regard. Ryan tenait ses yeux fixés au plafond.

— Adam est mon meilleur pilote, lança-t-elle. Il a acquis une solide expérience dans l'armée de l'air.

— Hum... Adam va être très occupé à seconder Sid pour faire tourner la Hanlon Air Company. Je suis persuadé que tu as une meilleure proposition à me faire.

— Ah oui ! se révolta-t-elle aussitôt, ses yeux lançant des éclairs, prête à s'engager sur le sentier de la guerre.

Mais les mots qui suivirent lui ôtèrent toute envie de se battre.

— J'ai besoin de toi pour cette nouvelle expédition, Hanlon, expliqua Ryan. Quand nous reviendrons, je suis prêt à t'aider à conduire ton affaire mais je te veux à mes côtés pour mes reportages. Je ne peux me passer de toi. Tu es celle avec qui je veux tout partager. Tu m'es devenue aussi indispensable que l'air que je respire.

L'émotion assécha la gorge de Mickey qui ne trouvait plus ses mots.

— Tu ne réponds pas ?

— Je crois avoir trouvé le pilote qui te convient.

Se penchant vers lui, elle lui donna, par deux fois un long baiser.

— Un et deux, commenta-t-elle.

Comme Ryan manifestait quelque surprise, elle expliqua :

— Voici les deux baisers qui vont me permettre de racheter les photographies que tu as prises dans mon bureau.

— Ne crois pas t'en tirer à si bon compte ! Depuis tout ce temps les intérêts ont augmenté. En t'y prenant dès maintenant, il se peut que tu finisses de payer dans... disons une cinquantaine d'années !

— Ryan Douglas, tu es le plus...

Sa protestation mourut sur ses lèvres. Ryan venait de s'emparer de sa bouche en un baiser dévastateur qui, sur-le-champ, lui fit oublier toutes les photographies et le reste du monde.

Le nouveau visage
de la collection Or

◆

AMOURS D'AUJOURD'HUI

Afin de mieux exprimer sa modernité et de vous séduire encore davantage, votre collection Or a changé de couverture et de nom depuis le 1er mars 1995.

Rassurez-vous, les romans, eux, ne changent pas, et vous pourrez retrouver dans la collection **Amours d'Aujourd'hui** tous vos auteurs préférés.

Comme chaque mois, en effet, vous y attendent des héros d'aujourd'hui, aux prises avec des passions fortes et des situations difficiles...

**COLLECTION
AMOURS D'AUJOURD'HUI :**
Quand l'amour guérit des blessures de la vie...

Chère lectrice,

Vous nous êtes fidèle depuis longtemps?
Vous venez de faire notre connaissance?

C'est pour votre plaisir que nous avons
imaginé un rendez-vous chaque mois
avec vos auteurs préférés, vos
AUTEURS VEDETTE dans les
collections Azur et Horizon.

Les AUTEURS VEDETTE *vous*
donneront rendez-vous pour de
nouveaux livres vedette.

Pour les reconnaître, cherchez
l'étoile... Elle vous guidera!

Éditions Harlequin

COLLECTION
HORIZON

Des histoires d'amour romantiques qui
vous mènent au bout du monde!

Découvrez la passion et les vives
émotions qu'apportent à la Collection
Horizon des auteurs de renommée
internationale!

Captivantes, voire irrésistibles, ces
histoires d'amour vous iront
assurément droit au coeur.

Surveillez nos quatre nouveaux titres
chaque mois!

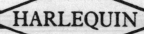

Composé sur le serveur d'EURONUMÉRIQUE, À MONTROUGE
PAR LES ÉDITIONS HARLEQUIN
Achevé d'imprimer en octobre 1997
sur les presses de l'Imprimerie Bussière
à Saint-Amand-Montrond (Cher)
Dépôt légal : novembre 1997
N° d'imprimeur : 1915 — N° d'éditeur : 6816

Imprimé en France